杏壇拾趣

小冊老師詩文集

吳康民 題

自序

二月已破三月來，三月暖風迎來了出版《杏壇拾趣》的時機，且留春住。

這本詩文集，從 2018 年聖誕開始籌備，當時，是想送給 2019 年的自己作為生日禮物，記錄走進教壇二十年的經歷。十數年青春揮灑，編就出這一本回憶小冊子。初執教鞭的怯懦，已消散於舉重若輕的熟練中。走過最初的荊棘，踏進山花爛漫的原野……也許會累，也許會倦，更多的，卻是感恩。在付出中找到了價值，在認可中獲得信心和勇氣，只願繼續深耕細種，撒下數顆文化的種子，洞開幾扇語文之門。在教與學的互動中，留下片片心影墨痕……

本書分為「情、趣、韻」三章，是受公安派三袁的影響，希望獨抒性靈，不拘格套，發掘生活中的各種喜樂，把校園內外有趣的片段記錄下來。喜歡周作人先生所說的：「我們於日常必需的東西以外，必須還有一點無用的遊戲與享樂，生活才覺得有意思。」於是，我觀察學生的趣態，尋找教學的趣味，感悟大自然的生趣，體會影視書籍的妙趣……

我知道，我終將老去，那些青春的年華只能留在記憶的深處，隨著時光而流逝。在那將盡的歲月之前，

我要抓住片羽流韻，記下那些我愛過的人，我走過的地方，我看過的書籍和電影，是那麼多感動的時刻，陪伴我走過漫漫的人生半途。我要拾掇這過往種種的醉人碎片，撫慰老之將至的惶恐。因著這些豐盈的往事，我便不懼將來。

編寫的過程，其實是一直在回顧自我。由雲端上飄蕩的中文系女生，到不惑之年的教師，是葉祖賢校長給了我走進教壇的機會，為此，我銘感於心。從此，我學會了盡責！這份職業，給予我無數美好的回憶。

那些尊敬的師長們，一如吳康民老校長，以耄耋之年，仍然屹立於校園，成為我們仰望的典範。感激九十歲高齡的他為我寫下了《杏壇拾趣》的書名，這一份期許，我不能辜負。

那些砥礪前行的同事們，二十年來的朝夕相處，已經成為了親切的家人；那些永遠純真可愛的學生們，一撥撥地來，又一屆屆地走，留下了赤子真情，也留下了師生之誼。

我慶幸，和學生們經歷了一段又一段，走過了一程又一程，陪伴他們的成長，見證他們的努力。在課室、

在校園、在比賽、在一起的遊歷中，我們感受過彼此的溫度。如此，便心滿意足。

　　本書出版要多謝曾鈺成校監、伍煥傑校長、徐子雲教授及李梅女士的點評推介，還有周元穎同學所寫的跋，溢美之詞愧不敢當，一一化作勉勵的動力。很高興媽媽「情、趣、韻」三字的親筆書贈及小女兒的畫作支持，此亦三代人的情趣韻。在這段特別的日子裡，在這個疫症蔓延的春天，縱使宅居家中，《杏壇拾趣》也終於可以付梓發行了。

　　此時此刻，讓我坐在庭前閒看花開花落，記掛著學生們天真的笑臉，留住那些幸福的片段，以此鼓勵自己前行，無憾，走過了段段華年！

2020 年春 寫於香港

情

情起何方何處終

　　　　貴乎真切與和融

校園譜寫青春夢

　　　　山月江風不盡窮

2017 年和 5B 一起穿上象徵卓越的班褸在福建海邊合照

師生情

讓我做你兩年的「母親」

—— 班主任工作分享

　　上個世紀末的最後一個學年，我任教了半年普通話的 1D 班班主任突然離任，當時的葉校長叫我臨危受命。於是，我戰戰兢兢地接任了人生第一份班主任的工作，直至今天，十七年來，始終奔走在這個任命上，從未間斷，迎來送往了八屆的中學生。

　　這一份工作，最大的辛苦，是陪伴 40 個少年人的成長；最大的快樂，是見證 40 個青年人的長大。每兩年就會帶領一個全新的班級，朝夕與本班學生相處，最經常聽到的一句話是：「見你仲多過見阿媽。」是的，在我充當班主任的這兩年中，我和這 40 位學生在校園內外榮辱與共，休戚相關，他們的一顰一笑都牽扯著我的神經。我深切地體會到每一個學生成長的不容易，所有關於青春期的碰撞與探索，委屈與歡樂，都需要我，像母親一樣，關懷、理解、支持、愛護、引導……

　　然後，他們會在某一個暑假之後，突然長高，突然懂事，並猝然與我揮手作別。他們要升學，他們要離開，他們要繼續走在個人的成長之途上；而我，這位兩年來暫代的母親，給他們一句溫暖的祝福之後，也要繼續，迎接下一批的新生，暫代下一班的母親。

　　如此，兩年一度，周而復始，奔走於暫時母親的苦樂旅途中，與幾百個少年共同感受著彼此生命的互動，沿途風光綺麗，感恩遇見，讓我做了你兩年的「母親」！

子蔚送的手繪母親節卡。

1D 幸會了

執教廿年，總有些學生的身影會重疊，這張臉、這個動作、這些話，好像當年的誰誰誰……

這當中，每個班，總有一些靈魂人物，會特別記得他們，那就是，我的班長們。

第一年，班長是一個傲氣的男孩，有點帥，也有點皮，有一點壞壞的感覺。他喜歡做大哥哥，小朋友們以他為首。而他本人，其實也只是一個獨生子，第一次離家，住進了宿舍。他會因想家而哭，叫我打電話找媽媽；他訂了《讀者文摘》，讀到感動的文章會和我分享；他喜歡為同學排解糾紛。喜歡打籃球的他，令很多女生芳心暗許。我欣賞他比同年人早熟，發現他有一顆特別善良的心，也特別有正義感，於是委任他做班長，他欣然受命。那時候，班長是一種榮耀，一份責任。

他協助我，管理特別難纏的 1D 班。那是一群散漫的小孩，男孩子特別頑劣，女孩子特別小氣，擔任了半年的原班主任臨時辭職了，令這班小孩更加有恃無恐，自命為全校最差的班級，使老師都嗤之以鼻。初來乍到的我，臨危受命，戰戰兢兢地走進了這個職業生涯的第一個戰場。

　　面前的少男少女，有超過一半個子都比我更高，當我以一個新老師的姿態走進那嘈雜的課室，全班 36 個學生，沒有一個理會我。那著名的陳姓三大天皇，邪惡地互望著，突然爆出一聲奸笑，令人毛骨悚然。這個類似《逃學威龍》的課室，令我開始覺得難堪、緊張、頭皮一陣陣地發麻，臉越來越熱，汗水不自覺地流下。年輕的我，根本不敢正視這群半大不大的少年，我有了一種想逃的感覺。這時，一個面色青白的男孩站了起來，對住那幾個男生說：「不要玩了，新 Miss 來了。」我感激地望向他，幸虧有他出手相助，使我可以在這課室中站穩。從此，我就認定了他是我的同盟者。

　　同盟的默契，也是要磨合的。學生不容易買你的帳，哪怕你讀書時是如何的天之驕子，學霸精英。他們不喜歡高高在上的權威，對於這群初中的男孩，他們更歡迎的是，和他們稱兄道弟，一起嬉戲的大哥哥。而我，這個害羞的女老師，似乎在先天上失去了優勢。我越怕他們，他們就越欺負我。每天上課，玩著不同的花招，高談闊論，開餐玩耍，到了一個不可收拾的地步。他們不會聽你講的人生大道理，連校長也不怕，家長也無可奈何，成績也早已拋諸腦後，是令老師頭痛的一班。對於我，這個陌生的班主任，他們更加視如無物，捉弄的手法層出不窮。我雖未至於被淋水、被恐嚇，但哭著走出課室也是經常的事。師生之間何來的深仇大恨？他們何苦要天天令我難過？

　　現在想來，這是初為人師的必經階段吧？從大學校園中走出來，你一定是會讀書之人，你不會經歷過那些讀書不成的痛苦。而那一群精力旺盛的孩子被困在四堵牆圍住的課室之內，呆坐八節課，要他們每一節都聽教聽話，服從你的管教。一是老師十分有威嚴，一是每一個小孩都特別專心向學，可惜 1D 班兩者都沒有。他們不受管，更討厭學。他們的天地在於放學之後的球場，常規的課程是沉悶得令他們想逃離的牢籠。

　　我開始理解他們，理解那種無法安放的青春的躁動，我的課室不能再是呆坐的囚室，他們不是我至下而上的信徒。我只是他們生命中的一個陪伴者，陪他們走過迷惘的少年歲月。我拋下了高高在上的身段，去經歷，去感受，那些貌似反叛無禮的行徑，那其實是他們尋找自我的一種方式。他們挑戰各種權威，是想知道自己人生的底線；他們的各種乖舛的行為，有時是對同伴的示威，更多的是向心儀女孩的表白。其實，他們那些不知所謂的舉措，大多發自於自身的本能，故意針對老師？對不起，你想多了，你並沒有這樣重要！

　　我找到了和 1D 和平相處的鑰匙了，因為這位男班長。他會告訴我，誰和誰的微妙關係，誰和誰剛吵了架，誰和誰其實是情敵。這些課室中的「八卦」使我有了底，我知道他們的軟肋了。我去關心各方的情緒，去慰問每一次的傷心，這項工作，比在課室中指揮他們抄筆記、

做作業容易多了，我越來越得心應手。於是，我同 1D 班的各路英雄有了默契。有時上課他們吵，我的眼神飄向他們的女神，一下子課室就安靜了下來。同樣的，那些女孩也會私下裡找我，把我當成大姐姐一樣傾吐少女的心聲。從此，他們叫我「姍姐」，我們逐漸拉近彼此的距離。

一來一回，我們 1D 班成了最團結的班級。暑假一開始，我們組隊去石澳沙灘燒烤。那時我也真是大膽，居然容許他們去游泳，現在想來，也是一種魯莽。當孩子們濕漉漉地上了岸，互相埋在沙堆中玩耍，只露出一個個笑容燦爛的圓腦瓜。我按下了相機的快門，為他們留下了火熱快樂的青春印記。這一幀光著頭的五個男孩圖，一直放在我辦公室的抽屜內，是我珍藏的一份最初的師生之情。

1D 班就這樣完成了蛻變，直至升上 2D，我們都在一起營造最和諧的班級氣氛，而我們的師生情則延續至今。長大了的他們，記得最初的燒烤，後來常來我家天台，輪流地燒肉給我吃；他們會買上生日蛋糕來我家，給我祝壽；我家的傢具，是他們為我設計訂造的；我家的小狗，是他們從台灣送過來的。我記得他們每個人最初的情愫，他們結婚生子，我也樂在其中。每年暑假我們都會相聚，繼續回憶初中的趣事，八卦同學的近況，一起分享成功的喜悅，感慨人生的起伏。

　　由最初深刻的惶恐，演變成亦師亦友的珍貴情誼，這一份感動，令我鼓起勇氣繼續前行。當我再看到上課時揮傘的學生，我會笑道，誰誰誰當年比你更搗蛋；當看到學生畫插圖在書本上，我會鼓勵他加油，誰誰誰當年也是畫了三年的課本，長大後成了設計師⋯⋯

　　這些當年的誰誰誰，已經長大成人，他們各自找到了生活的方向，當 1D 的男班長帶著賢淑的未婚妻，專程來到我家，請我過目。我滿懷安慰：「快點請我飲，快點讓我抱徒孫！」然後，這位最初的同盟者，又露出那個我熟悉的小眼神，慧黠地笑著：「一定，一定！」

在學校走廊外望空中花園

3B 幸福的翅膀

如果說初遇 1D 是一種幸運，可以用心去交往。那麼，再接下來的 1B，則是技術交鋒了。

2D 升上了中三，我又跌到中一，做 1B 班主任了。好像是校方對我能力的欣賞，但更像是詛咒，這又是令我焦頭爛額的一班。

這一班比 1D 更複雜，他們沒有一個首領，各自為政地任性而為。他們之中有出身警察家庭的暴力之士，單親的新移民弱女孩，連站都站不直的媽寶港孩，只會吵架的潑辣女生，不停畫巴士的自閉男孩……那是莨莠不齊的一群少年人，誰都有自己的背景，誰都有難以言喻的苦衷。

而他們的家長，更是各自各精彩。最緊張的，天天在校門等著詢問班主任；最懶理的，整整一個學期都聯絡不上。要麼寵溺，要麼放縱，這樣的局面，令我這個新班主任再度舉步維艱。

如果說和學生可以用朋友式的親切交流，那麼和家長，則是要採取以客為先的服務精神了。你要知道，每一位家長對學校的要求，有的希望你提供貼身照顧，你要時刻通告孩子在校的表現；有的只求孩子平安長大，

你要阻止他們誤交損友；有的想要孩子學有所成，你要額外的精補強化；還有的，最怕孩子受到欺負，你要擔保他不受委屈……

每一年的家長會，都是新老師的惡夢，當年輕的我被投以不信任的眼光，那是萬箭穿心的感覺。他們會說：「你未做過家長，你不會知道；你剛做老師，你又沒有經驗……」

仿佛，老師只能老了，才值得信任，而又誰是可以一步登天，從最初就有經驗的呢？這一班 1B，令我經歷了最難堪的家長圍攻。但是，我千萬不能解釋，千萬不能激動，否則，解釋即是掩飾，激動即是無方法。我得先深呼吸一下，保持不動聲色，卻內心澎湃，而又語帶溫柔地回應：「是的，知道了，會盡力解決。從小學升到中學，你們也辛苦了！」

誰不辛苦呢？他們也是第一次做中一家長吧？體諒我，不是他們的責任，理解他們，卻是我的工作。

幸虧是年輕吧，雖然臉皮薄，但思路也快。十月開完了家長會，我覺得要做些什麼具體措施了。我把 38 個同學分成了六組，把那些不會吵架的朋友們分在一堆，然後列了幾張評比表：上課表現、成績、比賽、操行、好人好事。我把表格大大地印出來，貼在課室後面的壁報上，請科任老師來評比，每星期計分一次，得獎小組將有漢堡包做午餐。

　　原來小孩子們很喜歡比賽，更喜歡贏。他們會為了一個老師的印章而乖乖地遵守紀律，會為同組的進退而完成作業，罰就一起挨，獎就一起享。這種連坐法，對初中學生很有效，群體的力量比老師個人的聲嘶力竭大得多了。

　　1B 班的紀律開始上了正軌，學習成績自然也不用擔心了，家長也自然沒有了抱怨。他們本來就是聰明的一群，當你覺得他們可愛，他們就越來越可愛了。

　　升上 3B，我們迎來了一年一度的全校歌唱比賽，那是本校的傳統活動，以班為單位進行大合唱。為了贏得同級的冠軍，大家都使盡渾身解數，務必要挫隔壁班的威風。那是他們少年人之間的一場力拼，那種比賽前的白熱化，是好勝心的最佳演繹。

　　我不會唱歌，更不懂指揮，統籌的重擔就落在男女班長身上。那時全班同學都很喜歡唱光良的《童話》，大家靈機一觸，決定改寫歌詞。自然由才女嘉儀執筆，填寫了一首新歌，發揮班上每個人的特長，指揮的、彈琴的、畫畫的、做道具的……比賽時間到了，我們 3B 班，一群快樂的天使，在學校禮堂中高聲合唱起了自己填詞的《幸福的翅膀》。那一刻，感動了 38 顆少年的心。

　　我想珍藏那一份感動，就把你們當年寫下的歌詞保留下來吧，希望你們都插上幸福的翅膀，為夢想起飛……

噢……4C

地磚二十年不變地泛著黃，黑板二十年不變地透著綠光，沿街一列百葉窗簾也二十年不變地篩著陽光，緩緩地在書桌上留下斑駁的光影。椅子上呆坐著一群十五六歲的少年，校服上無一幸免地系著青蔥樣的飄帶或校徽，臉上的神情一個比一個無聊，一個比一個虛空……昨天狂叫：「我要叫校長炒了你」的何主席，今天自己炒單車缺席；到鄰班英雄救美的阿文因打架而停課。大鱷們不在，今天已是最「俾面」、最安靜的一堂。

揉揉眼，窗邊最前的位置分明坐著勤勉好學的四君子，每天埋首研究物理的高考書；中間位置是我們四個女孩竊竊私語的島國；課室的四角，是不善言語，數學超班的福建高材生的藩鎮；而中間偏後則是化學精英的領地。那時的課室，不是高談闊論的市集，不是報紙橫飛的街邊，更不是嬉戲追逐的樂園。

時維上世紀九十年代，才二十年光景，4C班，景物依舊在，人面卻換了多少？

那時4C是數學精英班，一本藍綠色封面，同《黃頁》一樣厚的附加數書，是身份的象徵。有一位白皙瘦削的男同學，每天圍一條淺藍色的頸巾，挾著那本附加

數書，走在北角碼頭上等 27 號巴士，不知令多少低班女生心猿意馬？加上他擅畫水彩，寥寥數筆，奪得幾許少女的芳心？那時也有迷籃球的，高大黝黑的身影也是女生傾慕的對象。只是大家都認定：體育好多數讀書不佳，所以彼此都不吱聲，心照而已。可惜當時學校很少舉行籃球賽，只有在陸運會時才看到那矯健的英姿，平白失去了很多尖叫喝采的機會，一份份小小的少女心事便越掩越密，終於隨著畢業而煙遠了。

　　老師倒是明明白白地尊重。最囂張的一次已是明目張膽地直呼化學老師本名——瑩瑩。瑩瑩名字嬌俏，配上的老師卻已屆退休之年，教了一年中四便沒有再見。同樣是女老師教的有生物科，老師姓馮，操普通話口音，在四樓實驗室放一張張高映幻燈片，讓初嘗科技教學的中四生嘖嘖稱奇，可惜也只有一年的受教機會。再有教體育的戴老師，不怒而威，令我們這些四肢不協調的學生望而生畏。英東館內架著的那具古舊的鞍馬，應該是我終生不可逾越的高牆。

　　那時的女老師不多，年輕的更加少，反而男老師則年輕得多，他們在宿舍生活之餘組成一個「WU JOE WEI」樂隊，在兆基堂的舞台上彈結他，大玩電子音樂，是沈默的校園中最狂野的印象。而今胡 Sir 已退休，威 Sir 還統領著宿舍，Joe Sir 則是當時的 4C 班主任，從加拿大留學回港，皮膚白皙光滑，印象中常穿一件翻領

黑色皮西裝，襯一條深色領帶，衣冠楚楚，風流倜儻，加上一口流利的英文，舉止優雅而洋派，在校園中簡直倪視眾生。可惜當時的我英文太差，每每不敢與他直視，只記得家長日中媽媽對著班主任的懊惱與愧疚，還有老師那手漂亮的英文草書。

　　那時愧疚的不只是對著班主任，還有中文老師——鄭老師。他真的很老了，感覺上滿面皺紋，目光睿智，在他精準的監視下，你就是不敢拿出放在抽屜下打開了很久的答案來偷看一眼。鄭老師基本上是最關注我的存在的老師，但因為我對中文一向自信，對中文老師反而不太認真。可見，你永遠會錯過你最應該珍視的。我不知鄭老師對我的期望有多少，反正那時師生之間極少閒談，僅限點頭與再見而已。但鄭老師曾用紅色的英雄牌墨水筆在我的作文紙上痛罵我，鮮紅的滿滿一版原稿紙，洋洋灑灑的行書，像極了古代的血書，那是我一輩子的心影墨印。血書痛陳的是我不肯寫繁體字的劣跡，力數我忽視傳統的不是。對的，老師，4C 雖然是理科班，但中文一樣不能偏廢，老師見教的是。

　　與鄭老師形象一致的還有當時的訓導主任，在我心目中始終認為：嚴師就該是他那樣！一年 365 日，亙古不變的白恤衫，黑西褲，不打領帶，一枝墨水筆永遠插在左上角的上衣口袋上。從未見他笑過，從未見他彎過腰，鐵骨錚錚的一個男子漢。說話快而短，從不用問句，

訓導室從來不是商量的地方。那時的學生，連教研室也生怕經過，更遑論訓導處。老師最好不要記得我，訓導主任？少惹為妙。然而命運乖舛，我也難逃與陳主任在訓導處狹路相逢。事緣我未請假便到領事館申請簽證，回校的時候已是第二個小息。我記得自己當時拿著家長信痛哭流涕，仿佛從沒如此委屈過。我記得陳主任痛罵我的不是，嚴肅得幾乎要判我刑。我們雙方在訓導室膠著，那時的訓導室沒有現在熱鬧，也沒有人來勸我們。我當時覺得全世界只聽到我的哭聲和他的罵聲，好像哭到第五節下課，鐘聲響起才救了我。這訓導室中被罵的一幕，是陳主任令我的中學生涯永誌難忘。

那些授業的良師？遠了；那個沉穩的校園？遠了；理科精英班的 4C？更遠了……

環顧這熟悉的課室，不變的桌椅上坐著跳脫的少年，沒有羞怯，沒有顧慮。我高興就跳，我悲哀就哭，我苦悶就生氣。你教得悶，我就睡；你教得高分，我就聽；你教得有趣，我就大叫……青春便是張揚，青春便是率性，青春便是可供揮霍的時光！

4C？當歲月將這個數理精英班的代名詞，流轉成視藝、經濟、史地的大本營，青春的火熱便在這課室內狂飆。少年人的喜怒哀樂每天在這裡動情演繹，哭聲、笑聲、罵聲、呼嚕聲、歡呼聲、哀嘆聲，輪番更替；未

來的女主角、男設計師、舞蹈家、模特兒、攝影師、燈
光師、雕刻家、作家、畫家、思想家、籃球明星漸次上
場，幸運的你們，更早地發掘了愛好，這初綻的光華為
4C 增色，為平淡的校園染上濃墨。

　　在這一張張暫時目無表情的臉上，我瞥見了未來的
影子，這是屬於 4C 的光環，褪下了以往數理的舊衣，
披上現今藝術的華裳，以更輕鬆的姿態感受青春的躍
動。

　　一樣的陽光普照著 4C 班課室，一樣的少年人，一
樣感動的心，只是倏爾二十年……

6D 吃出感情來

　　經過了首屆 DSE 考試，到了 2015 年，高中的課程已經穩定下來，我們有了固定的教材，也開始掌握教學的節奏了，而我，則接任了好玩的一班。

　　首先，我們都愛說笑，什麼都可以大笑一場。他們總說我笑點低，我總覺得他們很搞笑，每天上中文課，我們都在笑聲中度過。我記得胖胖的侯同學，當時特別的懶散，經常不交作業，我問他在家干什麼了？他居然大大聲回答我：「我要煮飯給阿嫲吃啊！日日三餸一湯啊，好多嘢做。」我笑了出來，「你會煮飯？」明明就是少爺仔，但他卻一本正經：「你不信，我明天煮一盒飯給你吃。」真的嗎？這個胖乎乎的小男孩，第二天早上，真的捧來了一大餐盒的飯菜。有香菇炒雞球、有蝦仁炒蛋，而且是擺放整齊，令人垂涎欲滴。侯同學一本正經地說：「Miss，我沒有呃你，我真係識煮㗎！」從此，Miss 有口福了，每逢星期三，都有這樣一個色香味俱全的飯盒放在桌上，不重複的菜式，我享受著侯奶奶的高級待遇。

　　有來有往才是上等人，Miss 也有回贈的。每次大家分組比賽得獎了，我都會請全組吃東西，或者是一杯珍珠奶茶，或者是一個雪糕，或者是一餐麥記。最大餐的，當然是意大利薄餅了。

　　什麼是分組比賽呢？我會為他們每一組評分，上課
搶答成功的，測驗默書分數最高的，有進步的，總之一
個月算一次，最高分的一組可以在午間享受大餐。因為
午膳大家不能出校，只能在膳堂解決，所以，一頓午間
外賣是十分吸引的禮物。

　　為了提高同學的閱讀理解和寫作能力，我分派給
每一組一個主題去閱讀名家的文章。親情組有豐子愷的
《兒女》、余光中的《我的四個假想敵》；友情組有白
先勇的《樹猶如此》、梁實秋的《談友誼》；成長組
的有琦君的《幼兒看戲》、楊牧的《又是風起的時候
了》……還有生命感懷組、日常觀察組、人生哲理組，
每組同學都要交一份分析簡報，其他組互相學習分享，
如此一來，幾十篇散文佳作就學了一遍。同學可以學習
到作家是如何表達對生活的思考，並從中摸索出個人擅
長的寫作風格。最吸引的是，做得好的小組，有大餐可
吃啊！

　　除了大餐之外，我們也吃甜品。子佑喜歡做甜品，
長大的目標是開一間蛋糕店。我們有福了，最先嚐他的
作品，是蛋白豆腐。在上中文課前，他總會擺好一兩杯
在教師桌上，叫我下課時吃。還特意說道，放少了糖，
不肥的。之後，子佑的蛋糕越做越大，口味越來越多：
鮮果、抹茶、朱古力層出不窮。有一次他一下子做了
一百個杯裝焦糖燉蛋，叫我請所有老師吃。我把教研室
內的兩個冰箱都放滿了，大家都吃得心滿意足。於是，

我們的小組獎品，有時會變成這些自家製的小茶點，那
全是來自於味覺的幸福。

　　畢業後，子佑、智暘
回校探望，他又親手炮製
了 50 盒牛奶布甸。一句：
「 Miss ， 我 中 文 居 然 合
格了！」師生即時開心大
笑！是的，三年來多少苦
樂都付笑談中……

　　他繼續承諾:「 Miss ，
以後年年整個生日蛋糕給
你！」謝謝子佑，今年
的，很甜美，很幸福！這
個大大的草莓蛋糕，是他
特意叫弟弟拿回校給我，
還神秘地說有驚喜。待我
把蛋糕分完，才發現盒底

子佑親製的蛋白燉奶塞滿了雪櫃。

寫了生日的祝福語。原來他一直記得當初的承諾啊！

　　之後，每次 6D 班舊生回校探望，都會奉上各式糕
點，我們這份從吃之中培養出來的感情，真是校園中最
有滋有味的一段。

6C 教出趣味來

　　去年的 6C 班，是最快樂的存在。全班同學，真的像一個溫暖的大家庭，我們無拘無束，一起為 DSE 中文卷奮戰。

　　我們的親密關係，由中四的中文課開始。那時，我已經熟悉了 DSE 的課程，又展開了更熟悉的十二篇範文的教學，教材已經了然於心，自然是很自信地走入課室。

　　課室內，一如既往地坐著 40 位初上高中的中四生，陌生的臉龐，相似的神情。他們對高中的中文科一無所知，只聽過中文是死亡之卷吧？我輕鬆地面對他們的疑惑：我的中文課，是有趣地學習考試技巧，幫大家贏取高分。

　　教了這麼久，太知道鼓勵的重要，太知道高中生，要的就是成績。不要有任重道遠的文化承傳重擔，大部分學生都不喜歡中文；不要有傷春悲秋的柔情，更多的學生不喜歡文學。我們身為教 DSE 的中文老師，有責任令他們跨過中文三級的門檻，順利邁進大學。他們要的，不是溫情脈脈的叮嚀，不是義正辭嚴的訓斥，就平心靜氣的，從實際出發，提供他們適切的需要吧。

　　如果說，做班主任的鑰匙是班長，那麼，做中文老師的鑰匙就是科代表了。我急切地需要尋找有力的助手。

　　環顧整個課室，高矮肥瘦，在一眾呆滯的目光中，我發現了一雙閃閃的明眸，她熱情地望向我，就是你了！美麗大方的元穎同學，很快，這位初來乍到的中四插班生，成了我之後三年最佳的伙伴，我們一起合作，把 4C 班的中文科搞定！

　　那是一見鍾情的認定，有了元穎，我如虎添翼，把中文課上得興趣盎然。

　　上中文課了，我們分小組，五人一組圍坐在一起。那時 iPad 尚未流行，我給每組發一張 A3 大紙，每個組分 A 至 E 五個號碼，每個號碼一種顏色筆。每一次，都按教學內容要求用不同的號碼作答。

　　這種分組教學，對十二篇範文、小組討論、綜合、作文都很有效。而且很有趣，集思廣益，一個小時的上課時間轉瞬而過，師生都滿心歡喜。條件是，你和學生的關係要融洽互信，組長要夠能力。2017 年的 4C 班，具備了這兩個條件。

　　十二篇範文，基本要求是會讀、會背、會默。老師用一兩節課解重點，小組長負責監督組員背書，默好

之後互改。接著就可以分組畫課文結構圖，每組建構一段內容概要，這使修視藝的同學很有滿足感。畫完之後張貼在黑板上，再找同學出來講解，並接受台下發問，順便訓練口語能力。長問答也是如此，同學一問一答討論之後，老師再作總結。課文內容、技巧、賞析，全在小組繪畫中完成，最後用電話拍下答案照片，傳到群組中保存，一課書的班本筆記就此完成了。這種成功感，會令學生投入上課，沉悶的十二篇，不再是痛苦的糾纏了。

　　記下我們中四最後一節課的情形：這一堂 4C 中文課五彩斑爛，粉紅的康乃馨自畢業禮而來；深藍的教鞭，手指已斷裂，由學生蹩腳地縫製；七彩的熒光筆，劃出老師教下的重點：原文是黃色，解釋是橙色，作用是黑色……五版字長篇的《廉頗藺相如列傳》，就這樣被我們裝點得色彩繽紛，笑語盈盈中結束了中四這學期最後一篇範文教學。

　　到了中五，我們就要進入比較吃力的課程了。因為有了中四的基礎，再要求他們已經不難了。如果教議論文和小組討論，最容易處理的是《師說》。課文中的很多觀點，都可以抽一句出來做題目，談看法、說利弊、找共識。例如將「傳道、授業、解惑」這一句分成正反各兩組，再以《現今師道之我見》為題寫一篇文章。各組先收集有關於老師的正反例子，正面的有電影《五個

小孩的校長》，反面的有社會新聞失德的老師。有了足夠的論據，大家就一起確立中心論點，再逐段寫作，最後全組寫完一篇二千字的議論文。這是一開始他們認為不可能完成的任務，我們要讓學生嘗試，讓他們看到成果。試過一次之後，他們就不怕寫，可以自己完成了。

　　作文也可以先來個集體遊戲。我們老師總是教學生，要善於觀察，要抒發感受。但是，他們真的沒有生活經歷，真的缺乏所思所感。我們只能為他們提供，要他們積累，再把片段組合起來，變成一篇自己的文字。比如「陸運會」是一個他們熟悉的場景，但千篇一律的不會有感受。於是，我規定每一個小組想一個不同的場景：下雨的、晴朗的、有人受傷的、自己作為校友的、作為失敗者的、作為成功者的，各自想一個故事，全班分享之後，再把其他組的故事加插進來，以倒敍或插敍的形式表達，增加人物性格之間的對比，再因應具體內容，補一段《論仁論君子論孝》的金句加以反思，最後首尾呼應，加上景物描寫，一篇星級作文，就可以隨手可得！

　　我們必須令學生不再懼怕中文，這不是一條畏途，而是文憑試必考的科目。要知道遊戲的玩法，我們就可以循規而行。不是每個學生都是文青，不是每個學生都奉旨會讀、會背、會寫，那些我們老師以為易如反掌的天生本能，有些學生，真的沒有！

　　他們被我罰背《始得西山宴遊記》，可以每半個鐘才背到兩句。叫他們默書，他們先默下所有的「者」字，再逐格填上其他字。有的同學告訴我，他見到的文字不是一個個的，而是一整塊，他要逐塊像拼圖一樣砌完整。

　　如果說，有學習障礙可以寬容，但更多的，卻是無法理解閱讀篇章裡的感情世界。DSE 中文卷一，由 2012 年的《橋》到 2019 年的《談教訓》，八年下來，十份卷，要麼寫家國情懷，要麼寫孤獨的宿命。一是嘻笑怒罵假道學，一是諷刺信誓旦旦的政治家，除了講親情的《目送》和《我交給你們一個孩子》，講勵志的《跑道》，同學們可以真正理解的文章，真的很少。更何況是那些一看已不懂的文言文？所以，他們無奈，他們委屈，他們找不到面對這份卷的信心。

　　我告訴他們，要相信對手同你們一樣疲累。大家都只是十八九歲的年輕人，誰也沒有那樣的經歷，去理解成年人的文學世界。不要怕，我們是找得到方法的。

　　方法是，多讀文章。多接觸不同風格的作者，以他們的方法換位思考，你會有更深層次的理解能力。

　　比如，讀小思老師的《承教小記》，你學到唐君毅老師的道德修養。寫類似 2012 那篇唐老師的文章，你就可以把《承教小記》裡的老師寫進去，之後再遇到相

關的題材：教育、夢想、快樂、心結、一句話、「己所不欲」之類，都可善用唐老師的形象，材料就這一份，就看你如何根據題目要求去炒好。

　　語文學習，講求的是融會貫通，靈活地教學，也可以是一件妙事。感激 6C 班，和我一起探討了 DSE 中文教學的妙趣，也感激我的美女科代，我的愛將，以 5 ＊佳績為我們三年的中文學習劃下了完美的句號。

4C 班同學上完廉頗一課的筆記。

1P 的花花草草

　　你們，已經是我執教第二十年的學生了。未能在最好的年華遇見，卻能見證你們的美好。命運的安排總有寓意，我們珍惜每一次的不期而遇！

　　在緣分的天空下，29 位新生集中於雨後的操場，翹首期待國旗的升起；你們在禮堂遊戲，分類活動教大家物以類聚，擇善而從；夾氣球教大家團結協助；堆疊高山教大家慷慨分享⋯⋯活動總結：「保持善良的初心，堅持自律的習慣！」

　　在你們純真的笑容中，我瞥見舊日學生的容貌：我的班長、愛徒、高足、學術、總務、科代⋯⋯影子重疊了，一年復一年，歲月淘走了年華，但曾經的回憶仍然清晰。沒有一樣的面貌，只有不變的情懷。就為這一屆學生立像，記下你們的歡欣笑語，純真可愛，點點滴滴⋯⋯為這一場 2018 的迎新，帶來別樣的印記。只因，所有的遇見，都是：僅此一次，無法重來！

　　剛開學的某個早上，訓導處老師跑來告訴我：「你班這位同學上了四天課，有三天不舒服，你打電話給家長問問。」我一看，是昨天告訴我心痛，然後咧著嘴笑的小胖子。一看紙上記錄的，由肚痛到心痛到皮膚受

傷，很嚴重啊！可憐的小孩！打給他媽媽匯報情況：「就想了解一下他平常有什麼不舒服？」媽媽第一句：「他什麼事都沒有，就是想讓我去看看他。他第一次離開我，住校，不適應，想吸引我注意！」真是知子莫若母。

2018 年聖誕，1P 花花草草即興在黑板上畫了一幅巨型聖誕卡給我。6C 愛將在聖誕樹下收到我送的嵌名聯，喝著我送的珍珠奶茶完成 2018 綜合卷。1A 班的小程，喜滋滋地從窗邊捧上特意留給我的聖誕大餐……一切都那麼溫暖！2018 最後一個上課日，在歡樂中降下了帷幕。

本學年的最後一節課結束，女孩澀澀地遞上一個自製紙袋。打開，是一堆糖果，她在自己包裝的封套上畫了不同的表情，已是很驚喜。剪開其中一顆，發現裡面塞了一張小紙片，展開，是信的一部分，連忙緊張地拆開所有的包裝紙，原來分別放了這封信的砌圖。她在這一封感謝信上寫到：「班主任課時，你講要學會表達心意，聽後我覺得該適當地表達一下自己的心意，既然老師說過喜歡吃，那我就準備一些吃的，希望你喜歡。」

何止是小驚喜，簡直是大幸福！今時今日，肯表達、願付出、能動手、有心思的學生，已經很少了。驚喜啊！謝謝，全班第一名的嘉杏同學！

我本是一塊空洞的壁報

　　我本是一塊空洞的壁報，灰暗是我全部的底色，我渴望被填滿的豐富。每一年的國慶，是我法定的恩寵，我會被隆而重之地裝點，我會被粉飾一新，披一身濃彩，以最亮麗的妝容，閃耀評委們的眼光。

　　今年，我又迎來全新的一班，未知哪一個小畫家會為我披掛新裝。到了九月中，我依然赤裸著，我開始著急，誰解我心憂？

　　施同學說，畫一條長城，全班問，主題是什麼？不知誰說，就五十六個民族。許同學買來十二張橙色、一張黃色和一張淺灰大紙。老師拾起便說：就淺灰底，橙色心，左右貼民族文字與圖片。

　　我一驚：淺灰不就是我的近親？不太好吧。但時日無多，也只能就地取材。

　　老師印出橫幅：熱烈祝賀建國六十九周年，對聯：祖國奮進發展，民族團結和諧。大中小三肥輪流手持釘槍，一翻掃射之後，我擁有了門楣和主題，三串橙色的民族之心，釘在我的左右，我總算有了畫框。但空洞，依然是我的主調。杏姑娘柔聲問道，只要畫張中國地圖就好了嗎？是的，老師給了她一張黃色大紙。

　　第二天，一張精細的中國地圖貼到了我的前方。依然的空白，由老師的女兒操刀，把最火熱的高鐵畫了出來。就乘坐上高鐵，去尋民族之旅吧，我以為，我今年的命運就是如此生硬。

　　明天便要比賽了，我的灰，就要直面 C 班的絲路和 D 班的地球了，我更灰了！

　　放學了，曉浠和念恩再一次看著我不順眼，向老師申報：「讓我改塗成藍色，保證可以救回百分之八十！」老師半信半疑，反正破罐子破摔，一試何妨？

　　於是，六個小孩，在我面前，撸起袖子，把書桌變調色板，各處借顏料、刷子，塗鴉起來。校裙染色了，頭髮也上彩了，誓要把我洗灰變藍。大小刷子、畫筆在我身上粗掃細描，我的臉，由灰敗漸變成朗藍。油彩在我身上，或濃或淡地淌著，我的前世慢慢淡出，我的今生逐漸浮現。生硬的字框還在，高鐵之下，已有盈盈的綠草地。就為我掛上一串氣球，一束鮮花，接下來的留白……

　　三位姑娘走上前，敬告全班：「一人一個手掌印，蓋住空白，簽上名字，昭告眾人，1B 是最好的。」

　　於是，全班 36 個孩子，自覺排隊塗手，再印上我的全身。一張張熱辣辣的手掌，或柔或輕地拍打著我，我的血脈沸騰了，不為勝利的喜悅，而為團結的熱力。

　　此時此刻，輸贏已經不是我的牽掛，是灰是藍也不重要了，因為在這一片灰藍之下，是一顆顆火熱善良的心。

　　曾經的灰色，今天因為 36 個掌印，我擁有了最鮮艷的色彩！且讓我們乘搭著這輛 1B 團結號高鐵，奔向未來的精彩之旅！

2018 年 1B 班壁報初版。

2017 年中六誓師在操場打邊爐

校
園
情

三世情緣任我行

　　在偌大的校園中，七樓專用室曾經是普通話學會的樂園，在這個不到二十平方的小課室中，我們溫情洋溢，來自不同地方的孩子們，因為普通話這一共同語言相聚在一起。驅除了廣東話的障礙，大家在熟悉的氛圍中找到了親切感，所以，我們很快地投入到這個團隊，努力地參與各種活動，積極地以普通話的優勢贏來了獎項。

　　第一屆幹事會的主席是安琪，她真是天使般的存在。普通話學會的初創，她是裡裡外外一把抓，由會員卡的設計，到會章的刻印，到找人繪製海報在各班張貼，很快，我們就招收了過百名會員。收了每人二十元會費，我們提供午間娛樂節目，包括點歌、看電影、到學會下棋，甚至元宵節燈謎會……校內活動漸漸搞得有聲有色。

　　然後，我們把目光投向了校外比賽。當年，社會上一片祥和氣氛，推普運動方興未艾，語常會很熱衷於推廣普通話，於是舉辦了很多大型的項目。我們參加了一個名為「普通話任我行」的計劃，進行話劇創作比賽。

　　這個比賽分為五個大行業，以推廣香港為目的。同學們要去參加不同的課程，由報名到頒布賽果，為期整整一個學年，一方面學普通話，一方面又可親身了解各

行各業的實況。經過半年的學習，才自行創作一個劇本
參賽。

　　我記得，那一年來的充實，每個星期六都要去理
工大學上課，又要寫劇本，又要綵排，我們忙碌著，快
樂著。我們抽中的主題是交通工具，劇本由大家集體創
作，後來決定劇名為《三世情緣任我行》，內容是圍繞
三種由古到今的交通工具，其間又隱藏了一段穿越民國
和現代的三世情緣。為什麼是民國呢？因為當時我們找
到了一件藍色旗袍，就是五四學生的傳統服飾，我們就
以此為戲服，展開了天馬行空的想像。大家七嘴八舌地
討論，各種的假設，各種的方案……最後，決定了演一
個集大成的喜劇，把交通工具由自行車、出租車演變到
飛機。大家各出奇謀，請修美術的同學畫了幾幅精美的
油畫作背景，就可以轉換場地佈置。我們一共設計了三
幕：民國老街上，騎自行車的少年郎邂逅美麗的女郎；
香港的繁華鬧市中，都市麗人偶遇的士大佬；萬里晴空，
霸道總裁巧遇機靈空姐。到結尾，音樂響起，三世情緣
揭盅：原來是交通工具牽的紅線，一切都是命中注定。

　　這是屬於年輕人的浪漫愛情，然而這一場話劇，卻
讓我們普通話學會忙得人仰馬翻。從文字創作到舞台演
出，是一個浩大的工程。我們每天放學就在禮堂排練，
對白、道具、音效，全部都自己處理。我們甚至用木板
製作了的士車門，飛機艙，一切都務求盡善盡美，大家
傾力演出，整場話劇凝聚了眾人的汗水和心力。

　　比賽的日子到了，我們一行十多人，租了黎司機的校巴，拖著大件小件的道具，浩浩蕩蕩地奔去理工大學的禮堂。

　　比賽過程，緊張而刺激，每一間學校都使盡了渾身解數，我們是最後一組，之前一直是如坐針氈，無法定下神來欣賞友校的表演。我作為帶隊老師，只能故作鎮定，安慰同學：「我們的劇本有創意，普通話流利準確。」

　　是的，我們最後真的憑著這兩項優勢，打敗了其他對手，勇奪冠軍了！當美麗的女主角一身空姐裝扮，走向她的三世情郎，台前幕後一起上台鞠躬謝幕，《三世情緣任我行》落幕了。與此同時，普通話學會的連續劇正拉開序幕，趁著凱歌高奏，我們旌旗正飄……

2008 年「香港任我行」頒發的紀念座

地表最強普通話學會

　　自從安琪為主席的第一屆幹事打響了漂亮的頭炮，普通話學會便走進了上升的軌道，展示開掛的征途。

　　我們過關斬將，節節進取，每一個比賽，只要我們參加，就能夠捧杯，就能夠獲獎。十幾年以來，碩果纍纍……

　　接下來的「任我行」比賽，規模越來越大，參賽學校越來越多，我們一直積極參與。第二屆是做廣告展板，得獎的作品會做成易拉架，擺放在星光大道之上，讓遊客參觀。這一次我們抽中的題目是廟宇，同學們參觀了香港不同宗教的寺廟，搜集資料，製作簡報，再用電腦技術合成為大海報。我們又遇到了新的電腦科技難題。不怕，我們有的是信心和幹勁，經過半個月的不眠不休，屬於我們的展板已經醒目地豎立在尖東海旁，與維港美景互相輝影了。當我們從旅發局局長手中捧過季軍的獎杯，拿下團體獎的水晶座，我們又打贏了漂亮的一仗。

　　「全港中小學普通話演講比賽」，是規模最大、歷史最長的校際普通話演講比賽。他們舉辦了二十多屆，我接手以來，我校就連續不間斷地參加了十多年。每一年都派四位高中同學、四位初中同學參賽，他們根據題

目要求，自己寫演講稿，再來我這裡訓練，那要付出幾個月的努力。要在幾千人中突圍而出，由初級良好到優異星獎，每一個賽事都是膽量和能力的挑戰，這過程中訓練了口才、勇氣和自信。那些當年的佼佼者，瑩瑩進了清華、嘉怡進了北大、家源進了復旦、秋楚進了中大、曉虎進了浸大，分別選讀了法律、新聞或戲劇。我不知道這個演講比賽為他們帶來了什麼具體的改變，我只知道，他們後來的發展方向，或多或少地顯示了一些相關的端倪。中學是人生最具可塑性的一段歲月，願普通話學會為你們開啟一扇自信的小窗，使你們在自己最有優勢的領域中，先嚐到小成功的滋味，帶著一絲甜蜜，邁向更大的成功。

　　「中國青少年朗誦比賽」純粹是個人能力的表現。有些同學擅長演講，但不擅長朗誦。我總希望雨露均沾，為更多的同學提供比賽的經歷。我會選擇一些有表演欲的同學參與這個比賽。因為經費不多，我會組織他們以小組為形式，五至八人一隊，朗誦詩歌名篇。與校際朗誦節不同，那些規定的篇章會令學生卻步。這

2015 年 8 月普通話室被拆卸前。

個比賽可以自選篇章。於是，男孩子，聲調沉厚的會吟誦李白的《將進酒》，聲調高昂雄渾的會朗誦北島的《回答》；女孩子，溫柔浪漫的會讀起席慕容的《無怨的青春》，文藝清新的會吟唱三毛的《橄欖樹》。我喜歡聽到他們在憤慨：「我不相信夢是假的，我不相信死無報應。」也喜歡傾聽她們在輕唱：「在驀然回首的一刹那，沒有怨恨的青春，才會了無遺憾，如山崗上那靜靜的明月……」青春好美，文學好美，能夠和你們一起共度共享，更美。

　　「紫荊杯朗誦比賽」是我們作為主場的比賽，這一次我們不是參賽者，我們是主持人。每年五月學校都會在禮堂中舉辦這場面向全港中小學生的比賽。我會選兩個或四個俊男美女做司儀，讓他們學習主持的風範，訓練臨場的應變能力。在幕後工作，那是另一種的辛苦。我們四五個人擠在悶熱狹小的樓梯間，宣讀著一個又一個入圍者的名字，面對上千個與會者、評委嘉賓、參賽師生，緊張是可想而知的。但我告訴他們：「這是難得的場面，十七八歲的你們，是未來可期的金牌司儀。」四個小時之後，當我們汗流浹背，累到站都站不直了，最終把那堆熠熠生光的獎杯一一送到得勝者手中，我們的主持大任就宣告結束了。而我們會記得，就在這母校的後樓梯上，揮灑過辛勞的汗水。

當獎杯擺滿在普通話室的壁櫥內，我們的幹事個個手持獎狀，我們成為了得獎無數的「地表最強」普通話學會，我們活在盛世中。

讓我在這裡記下每一屆的主席，她們那些詩情畫意的名字：安琪、靜文、秋楚、夢迪、露燁、元穎、偉欣，見名如見人，一個一個的倩影在我的腦海浮現……

我想，我們在最美的年華相遇了，我們佔盡了天時地利人和。那時，我們有七樓專用室的陣地，容大家放鬆發揮創意；我們有美貌與智慧並重的各屆主席，統籌各幹事的分工；作為領軍老師的我，也是精力無限，和大家一起為學會傾注熱誠。那時，沒有那麼多校務、人事，DSE 中文還沒有那麼大的壓力，社會上歡迎普通話，人與人之間的相處融洽而自由……一切，都像是天造地設般的完美，不可重來的美好。

現在，沒有了那種必贏的信心，沒有了那些你不可辜負的幹事，沒有了校園中毫無顧慮的闖蕩，沒有了中港之間不可跨越的鴻溝。而普通話室，也因為校舍的重設被撤下來了，變成了通識室。

一室的獎杯獎狀無處安放，大家曾經的美好年華幾乎無法印證，在這陌生的空間中，飄蕩著熟悉的氣息，那是，我們曾經一起共呼吸，共和應的味道。

我們無法重回那個年輕的自己，也無法回到那一段奮進的日子，當普通話室的門牌被荒廢地棄置在我的抽屜外面，於普通話學會而言，代表一個時代的終結，一個盛世的不再。

我不禁感嘆：同為校慶，十年生，十年亡，區區一室之興衰，不曾唏噓。只願記取，青春的拼搏，師生的努力，曾遍灑在這小室中的溫暖與熱情，今天雖一別，猶依依記取，餘溫未涼。但望，這些獎盃能有重見天日的一天。

今天，我把這些獎盃印在我私人回憶的小冊子內，只為紀念，曾經的美好！在我的心中，這是時光的烙印，是校園中永存的快樂！

普通話學會歷年所獲獎杯

偶遇唱詩節

　　「我如果愛你，絕不像攀援的凌霄花，借你的高枝
炫耀自己」——舒婷的《致橡樹》，是我們青春的印記。
今天，帶著一群青春的學生由舒婷手中接過這個團體
獎，這一場比賽由暑假至中秋，由十三首參賽詩，到七
首入初賽，四首入決賽，最後以季軍收官。感謝千懿，
以一首《桃李》，寫出了師生之誼。

　　由珠海學院中國文學系主辦、香港作家聯會協辦的
「香港青年唱詩節」，是詩與歌的相遇。詩與歌想要配
合得天衣無縫，並非易事。與會的陳志清教授說：「填
詞要合乎音樂要注意很多技巧，如聲調、用韻、咬字、
吐字。除此之外，在節奏的把握、韻字的拉腔、文字分
類與音律配合等方面，都十分考究。」原來，我們這一
群中學師生，是在一次偶然之中接下了一個如此艱巨的
任務。幸好，初生之犢不畏虎，我們憑著青春的活力，
越級挑戰，最終贏得了讚譽。

　　最先的要求是創作新詩，我那一年負責改整級中四
的作文卷，我找出了最高分的十位，逐個問他們是否有
興趣寫詩參加比賽。高中生是最熱衷參與各項課外活動
的，因為其他學習經歷是申報大學重要的一欄。所以，
很快地，他們便交了稿，而且寫得很不錯。我再邀請了
幾位愛寫之人，湊了十三首新詩，便交了上去。之後，
有七首入了初賽，我們都很振奮，畢竟有大專組、公開

組一起參賽，我們的成績已經很不錯。第二輪複賽，困難來了，舉辦方要我們把詩配成曲，用唱歌的方式來表達。我們頓時傻了眼，如果寫作是大家的長處，那麼音樂恐怕不是大家熟悉的吧？於是各出奇謀，我們勇敢迎戰不可能的任務。

我找來了會彈吉他的舊生，試一下彈唱原創的詩歌，誰知道，頭兩句已經唱不下去。於是，大家換一個方法，先去找可對應的舊歌，再斟酌著修改原來的詞。不知找了多少首歌曲，最後才配上了其中七首，幸好對方同意我們進行微調。自此，我們一群十幾人，天天中午在普通話室練習，一句一句地試唱，一個字一個字地夾音。雖然大家都不懂，但大家都充滿了熱情，投入到陌生的填詞領域中。經過了一個月的努力，我們終於把七首詩譜成了曲，當我們終於聽到可以唱出來的詩，大家都興奮莫名，過程太難了，也太有趣了。

比賽當日是九月的金秋，我們捧著七首心血結晶的新歌，租了一架小巴，拉上了二十多位啦啦隊員去捧場，熱熱鬧鬧地來到了大學的禮堂，準備表演我們的成果。歌聲是稚嫩的，感情是真摯的，我們用真誠，唱出了少年人的誠意。可能是我們陣容強大，可能是我們熱誠投入，比賽結果是勇奪季軍，而冠軍、亞軍則是研究生和大專生，這樣的成績，對於中學生而言，實屬難得。

更難得的是，我們從大會評判，著名女詩人舒婷手中拿到了最佳團隊獎。她動情地說，在首屆青年唱詩

學生們簇擁著詩人舒婷

節的舞台，她十分享受。因為她感受到參賽者的青春勇
敢與赤誠。是歌聲中流露出來的年輕活潑的性情感動了
她。這是我們師生合作的成果，是對我們努力的肯定。
當大會宣布我們得獎的時候，全部二十多位少年人歡呼
而起，衝上了舞台，興奮地接過獎杯。那熱情的氣氛，
感染了在場的成年人，他們當中，有詩人、有教授、有
大學生、更有我們這些帶隊的老師。第二天，《明報》
就報導了這個特別的比賽，替我們把珍貴的一刻存留了
下來。

　　縱然接下挑戰，我們從不知結局。但，喜歡和學生
們一起去經歷，一起去感受。贏，我們一起笑；輸，我
們一起哭。

　　「和你站在一起，根，相握在地下，葉，相觸在雲
裡，每一陣風吹過，我們都互相致意。」

享受過程的越野賽

越野賽，是本校獨有的傳統，可能是全港中學的唯一。

回憶自己第一次參與這一個比賽，是 1988 年，以中四插班生的身份，在灣仔司徒拔道跑山路。那時，我只知道山路崎嶇，磕磕碰碰地和同學邊跑邊看風景。邊緩步跑，也不覺得十分辛苦，賽後居然拿了女子甲組第15 名！以從未受過訓練而言也算佳績，自己也沾沾自喜地，和新朋友走下山去，到跑馬地吃午餐了。

到做了老師，負責跟隊，因為是初中班主任，總被安排在女丙殿後。有十年左右，在山頂起步，得以緩步欣賞太平山下的美景。

自從越野賽地點改到香港仔郊野公園，我的工作基本上就是負責頒獎台了。

每年這天，都守著這堆獎杯，見證相同的獎項被不同的勝利者領走。每一年，從男甲到女丙，九百人，跑過這 3480 米山路。35 年來，多少青春的汗水和熱淚在此流淌？欣然守住這每年一度的約定，分享成功的喜悅！

　　每一屆來跑步的學生都大同小異，丙組的初中生總是不知所措，會迷路、會摔倒，未開跑時不知所措，怕自己跑不完全程。又丟三落四的，一會兒沒帶體育短褲，一會兒沒有帶扣針，有些還要家長陪著跑，全程貼身照顧，是港孩的佼佼者。最拼搏的是乙組同學，已經是中三、中四的學生，對越野賽相當有經驗了，都想拼盡全力取得名次。跑之前躊躇滿志，賽畢一個個氣喘吁吁地衝回來，紅著一張張臉，大汗淋漓的跪坐在草地上，一副副累死的樣子。在我的領獎台前集中的就是前十名的優勝者，這時候的氣氛是最熱鬧的，互相祝賀、打鬧，歡笑聲響遍整個山谷，那是來自於青春的快樂。最佛系的要算是甲組，因為經歷過徬徨和奮鬥，他們已經以老人身份參加這場賽事。他們會對我說：「Miss，我行完就算。辛苦咗咁多年，今年要看看沿途的風景。」我笑了笑，也對。

　　是的，辛苦有時，從容有時，有勞有逸才是生活的態度。當我們付出了足夠的汗水，就可以心安理得地慢下來，欣賞身邊的美景。那一片碧波蕩漾的水塘，那一覽無遺的城市景觀，那崎嶇不平的小徑，那青蔥連綿的山影，一個一個美景在你的眼前掠過，跑步，是用腳去感受，用眼去觀察，用心去體會。

　　就用汗水去灌溉青春，用腳步去邁向青春，用速度去追逐青春！

活動情

2017 年復活節遊壺口瀑布

中一軍訓十載情

中一的軍訓，是人與人相遇的故事。

第一次參加軍訓，是十幾年前去惠東。那時候，中港學生交流並不是很普遍。我們八個老師，帶著一百多位中一的同學，狼狼地從黃崗過關到深圳。在關口已經出了很多狀況：有同學的回鄉證過期，有同學的護照無效，有同學沒有帶證件……總之是花樣百出，導致要其中一位隨隊老師帶返回校。

我們經過四個多小時的車程，到達一個偏僻的軍營，空蕩蕩的石屎操場邊，只有幾幢剛建好還未開始裝修的土坏房，那就是是我們的宿舍。一見到那廁所幾乎只是一排的土坑，大家都面面相覷，不敢想像未來的三天該如何度過。

把簡單的行李放下，學生們就要到操場上集合，開始操練，我們七個老師看著這一堆的書包，把之前收的本班同學的證件緊緊地背在自己的挎包裡，一刻都不敢鬆懈。那崩緊的神經，直至回到香港，把證件交還到學生手上，才算吐一口氣。

在這次軍訓中，學生比我們想像的能吃苦，大家都甘於處身在樸素的環境中，乖乖地服從教官的安排，參

觀坦克車、實彈射擊、學軍體拳，一點投訴都沒有，倒是平安地度過了這三天兩夜的訓練。現在回想起來，是不是那些年的學生特別懂事，會體諒別人，不會太多地強調自己。大家都彼此尊重，老師、教官、同學相處融洽，外在的艱苦反而成為了日後的談資，這也是難忘的第一次。

在此之後，每一年的中一都去軍訓，但地點經常改變。惠州那個軍營只是去了一次，接著馬校長的軍校，我們就是常客了。

馬校長是一個退役軍人，高瘦幹練，在深圳郊區開了一間訓練學校，當年頗有獨市生意的感覺。他那裡地方不大，一個操揚、兩排宿舍、一所禮堂、一間小賣部，已經是全部的家當。但馬校長似乎無所不能，老師要外出時，他是麵包車司機，獨自驅馳在那條唯一的通往市集的泥濘小路上；在軍訓開幕典禮上，他却換上一身戎裝，成為了一個標準的軍官，威風凜凜地向一眾入營小學員訓話；到黃昏休息時，他又是小賣部的老闆，樂呵呵地向餓壞了的小顧客們售賣杯麵。馬校長的軍校，已經成為了我們這些資深老師的共同回憶。懷念在他那間簡陋的小賣部前，我們一人坐在一張小膠櫈子上，望著操場上練習的學生，閒聊著，消磨著在軍校的下午時光。那時似乎不用帶著功課去改，也沒有電腦，沒有智能電話，反而有點悠閒之感。

　　但是，悠閒的感覺只是一刻的美好，整個三天兩夜
的中一行程是心力交瘁的。學生會有情緒，你要照顧他
們的心情；學生會違規，你要處理他們的衝突；學生會
生病：摔倒、扭傷、發燒、肚痛、胃痛，似乎所有病痛
都集中發生在這一兩天。這時你要化身為護士，不停去
探熱、捽油、安慰……

　　記得最可怕的一次是，一位女同學在吃晚餐時說
心痛，原來她有心臟病的，馬上打電話回香港找她的父
母，卻只找到一個阿姨，要我們馬上送她回香港。我和
另一個男老師，一人一邊扶著她上了馬校長的麵包車出
到市集，再轉乘的士到黃崗。我深刻地記得那一幕，那
個女孩的虛弱與蒼白，和車窗外暗淡的鄉間路燈，影照
出我們老師的憂心忡忡，那是我對中一軍訓揮之不去的
陰影。下的士後，幾經周轉把女孩連拖帶抱地過了關，
白車很快地便把她送到北區醫院，以為可以鬆一口氣，
卻被告知她的醫療紀錄在東區醫院。待我們把她送到東
區，交到她的監護人手上，已經是凌晨四點。我們各自
回家，到第二天上午八時，還是要回到馬校長的軍校，
參加軍訓結業禮。因為，境外帶學生的師生比例是 1：
20。我們不回去，是違反規定的。

　　那一夜的驚險和疲累，是我對中一軍訓最深刻的印
象。

　　時至今日，所入住的軍營已經是一個香港自己的制服團隊，當中的義工，有退休人士，有在職青年，為營內活動貢獻了時間和心力。我們參觀昂船州軍營，有大不了幾歲的青年兵哥哥，為遠道而來的中學生唱起《單車》一歌。當然，還有大家一見傾心的帥氣的孫教官……

　　帶領中一同學參加軍訓快廿年了，一幕一幕的經歷在回播，此刻只想到，所有的遇見，都應該有一刻的頓悟：當不同的人在為你服務，所有大人的努力都在成就你的長大，親愛的學生們，你們真的可以藉此長大一些，不再抱怨，不再嬌縱，自律起來嗎？縱使成長不是一蹴而就，但起碼，人海中匆匆偶遇的片段，感動的一刻，應該銘記在心。

2018年1B女生穿著嘉杏同學設計的外套在學軍體拳

笑忘歌北京行

　　暮色四合，與你們一起排這套校園青春新劇。一切的艱難苦恨，終將過去，關於新和舊的經歷，我們銘感於心。拼卻一片赤誠，以熱血傾注於北京，溫暖這個寒冷的聖誕。

　　這一部話劇，原來的劇本是由吳師姐所寫的個人奮鬥史，熱心的伍副校長讓我們普通話學會在校慶時演出。中間經過重重曲折，又由小冉姐姐改編成校園青春劇《笑忘歌》，之後思桐媽媽又推薦我們去北京表演。最後，在各方大力協助下，我們話劇團成功在 2016 年聖誕節赴京進行匯演了。

　　領著青春的學生走進首都機場，北京冬日的黃昏，依然那麼美。

　　在北京表演的當天，燦爛的陽光，簇新的校舍，活潑的學生，認真的準備，演出的成功，使大家獲得了空前的滿足。接下來開始了旅遊活動。

　　冬天的北京，雪是主角吧！學生們暖暖的情，融化了這個冰雪天地。帶了半年的這個團隊，在這 2016 年的最後兩天完美落幕，收獲了滿滿的師生情誼。走過的都是深刻難忘的，應了昨晚聽到的一句話：「學校教育，

所有課堂知識剩下來的回憶，才是真正的教育。」願給學生剩下更多！

以下是學生的感言，記錄了半年來的艱辛，撫慰了疲憊的心。

暖寶寶：祝大家新年快樂！新的一年繼續開開心心的。祝校長、老師媽媽：萬事順利，身體健康。祝其他寶寶們學業進步，天天開心！很高興因為這個話劇認識大家，看著這個劇本從剛開始連演員都找不齊，再後來演員有各種不順利，曾經一度大家覺得演不下去。再後來竟然被邀請到北京演出，這其中謝謝小冉姐姐，還有兩位哥哥辛苦地幫我們排練。這半年來我們從互相不認識的三個年級的學生，現在變成了一個團體，大家可以在一起肆無忌憚的開玩笑，這次北京之行一定是各位中學生涯很難忘的經歷。很抱歉，也有點遺憾，陪伴了半年的劇本，在大家登台演出的那天我不在，但是看你們的直播還是很感動很高興。半年來大家的努力堅持，還有凝聚力，讓我們的劇本能有如此完美的結局。這個青春校園劇其實就是大家最真實的寫照。大家半年來都辛苦了，排練的日子經常餓著肚子，練到六七點。昨天等你們大家走了後，我上車後真的覺得特別特別滿足。大家好棒，謝謝大家，謝謝校長，謝謝我們的小姍媽媽，謝謝小冉姐姐和兩位哥哥，謝

謝各位寶寶們，祝願大家 2017 越來越好！愛你們！（一直協助大小事務的璇璇，因為參加考試無法一起登台。）

倒楣寶寶：北京之旅真的爽，吃香喝辣，老北京帶路吃東西，晚上玩狼人啥的，還終於試了一次滑雪的滋味，好玩！唉，雖然各種事情發生，心累，各位大哥罩著，真的謝謝了！（話劇的後台總務頌恒，因為在機場拿錯了行李，差點令演出延遲。）

大熊：這個假期真的讓我收穫了很多很多，同時也有了很多很多的麻煩，可以說吃一塹長一智，沒有人一生都是一帆風順，難免有些這樣那樣的經歷。從剛剛選擇加入話劇，到現在一切都劃上了一個完美的句號，在這過程中得到了很多沒有辦法在書本中學到的東西。有難忘的笑容，有難忘的心酸，一切的一切都在五天中發生，一個人的一生能有多少個這樣的五天，珍惜現在，珍惜餘下學生時代的每一分每一秒。謝謝所有人在這五天的照顧，也給所有人真心的說上一句：「對不起。」五天裡給大家帶來了很多的麻煩，真心的感到抱歉，謝謝你們的包容，我們明年再見。（話劇的男主角燊煒，差點因為晚起而誤了演出。）

吳博士：出於很多因素，北京，是一座令人嚮往的城。而這次，我們便在這座城開始了一段奇妙的遊

歷，首先要感恩所有所有。第一次參演話劇，一個
偶然的機遇將我們一群人聚集在了一起。經歷了許
許多多，也深知還有太多的不足之處需要一步步探
索完善，但總算，看著這些角色漸漸活成了我們的
樣子，真實的青春就已彌足珍貴。共同捱過了零下
的寒，即使正瑟瑟發抖，但亦無法凝固這一張張溫
暖的笑容。謝謝寶寶們的大家長李老師和伍副校，
謝謝曾經幫助我們這個劇的所有人，謝謝這個冬天
能遇見一群這樣特別的你們。伴隨著北京之行的結
束，我的 2016 劃上了圓滿的句號。我們，轉身，
江湖，再見……（話劇女主角元穎，飾演成為了博
士的校友。）

《笑忘歌》一劇在北京匯演謝幕合照

復活節陝西行

　　三千年古都西安，從西周至盛唐，13 個皇朝在此建都。從烽火戲諸侯到西安事變，這裡就是歷史的見證。秦時明月朗照的，是由伍校長率領，遠道而來的疲憊的香港學子。上下五千年，奔走在這一片黃土地之上的，始終是軒轅黃帝的子孫……

　　「黃河之水天上來，奔流到海不復回！」「黃河在咆哮，黃河在咆哮！」在攝氏 6 度之下，我們師生 20 人遊壺口瀑布。還未走近，已聽到那浪花擊拍的聲音，如雷如鐘，撞入心田。及到岸邊，面前白茫茫的一片，分不清是水還是霧，只聽見如獅哮虎鳴的巨響。臉上、身上瞬間全濕，然而還是未看清瀑布的真相。我看過美加交界的尼加拉瓜大瀑布，那是一種橫貫東西的宏偉壯觀；也在清晨觀賞過黃石瀑布，那是在萬仞黃土絕壁上的巨流而下。如果說前二者是一橫一豎的視覺上的衝擊，那麼，眼前的黃河壺口瀑布絕對是聽覺的震撼。那種鋪天蓋地而來的震耳欲聾，像極了很多人在一起急切的怒吼，那一泓爭先恐後奔流而下的浪花，也真的最好用「咆哮」來形容。此刻觀看著奔湧不息的黃河水，古往今來的黃河頌歌湧上心頭，再放眼這崢嶸的黃石，水流始終不懈地吶喊著，突圍而出，一如民族的苦難，一如百姓的堅忍，這數不清的白浪水珠，匯流而成一曲黃

河禮贊，呼嘯著、唱和著，蜿蜒流向中華大地。

清明節，參加公祭軒轅黃帝典禮，真正感受到華夏同宗，四海一心。來自世界各地的華裔子孫，齊集在黃帝太廟內。人們從清晨四、五點開始奔赴廣場，人人都圍上一條黃色的緞帶，不同的宗族、團體穿上自己訂製的服飾，古裝、現代各顯特色。參加者一列一列地排在大殿前的廣場上，整齊有致。最特別的是立在最前的鼓手們，身穿黃褂，腰束紅帶，手握鼓棍，紅色的大鼓隨時準備著。十數條蟠龍樣的氫氣球扶搖直上，有衝上雲霄之感。數萬會眾屏息著，仰望著。頌讀祭文結束，各種禱告完畢，莊嚴盛大的禮樂響徹雲霄，巨龍騰飛升空，壯哉！我炎黃子孫！

參觀的最後一程是到西安兵馬俑博物館，幸遇金牌講解員金凱先生，他自 1988 年已經開始介紹此名勝，聽他如數家珍，娓娓道出秦國強盛的原因，二千五百年前的歷史仿如在眼前，質樸傳神的文物，恢宏不凡的格局，一一印證了典籍中的秦史。文化的瑰寶深沉厚重，保育與探索持續不已⋯⋯

遊陝西，是一種直面歷史的感受。去壺口聽瀑布咆哮，你更能感受中華民族的苦難；參加軒轅公祭，你更渴望炎黃子孫的團結；遊西安古都，你更了解華夏幾千年的變遷。離開大西北，不免深思：山河之美可常在？艱難苦恨可逃避？團結融和可貫徹？

大灣區三日行

　　這一個我從小長大的地方，那時未曾叫大灣區，叫省港澳。我童年的印記是，從中山到珠海距離 18 公里，幼小的我嘔足 18 次；年卅晚從中山到廣州，早上八時出發，到珠江大橋已是黃昏六時，中間要過四次海，連接珠江三角洲的，是一個又一個載車渡輪！

　　俱往矣，現在是一小時生活圈的大規劃，珠海也由一個花園小城變成了大學之城，我親愛的學生在這才落成一年的校園中享受青春歲月，普通話學會先後兩任主席在這裡入讀新聞傳播系。變胖了的周同學也喜滋滋地由隔壁的大學騎著自行車，趕來參加這個校友的聚會。而今我帶著他們的師弟師妹來感受大學生的生活。在這三個小時的校園遊中，來自不同學系的同學帶領大家參觀現代化的圖書館，每人一格的電腦收錄音座位令學生羨慕不已；符合國際標準的暖水泳池令人想縱身躍下；設備齊全的健身室令師生流連；有模擬編鐘的古典音樂練習室教人驚歎……大學校園如此醉人，一眾中學生都找到了目標和方向。

　　第二站是參觀一個魚菜共生的實驗農場。三個來自香港的 90 後年輕人，兩年前找到開平政府支持，開闢了這個魚菜共生農場，他們的科學生態種植漸漸成為

了業界傳奇。三個大學生，分別畢業於香港的酒店管理學、法律系和新聞系，他們從中學時參加天台有機耕種培養了興趣，在學生會工作中奠定了合作的基礎，畢業後紛紛放下本業，北上大灣區追逐農業之夢。他們侃侃道出創業之難：如何放下身段撿拾爛菜，香港的家人如何憂心忡忡……然而，他們的成績很快地獲得了當地企業的投資，當看到我們師生在他們的溫室中驚嘆蚯蚓作成的土壤，吃著水耕種出的沙拉菜，他們快樂著。那燦爛的笑容，因為理想的奮進，青春的光彩而異常耀眼。

第三站，參觀開平碉樓、立園、開僑中學，俯仰百年城堡，感受赤子護家心切。海外遊子，為鄉梓建園創校，始終心系家國。如今的香港學子，奔走遊歷，在交流中匯聚點點印記。不知道未來二十年的大灣區會作如何改變，只知道今日的足跡，會踏出未來之路。

城市在急促進步中，桑基魚塘變成城鎮廠廈，一小時生活圈無疑大大縮短了交通的時間，但太快的步伐，卻也造成了人與人之間的擠迫。適當的緩衝距離，會令人們有更多的自由，更有舒適感。在高速發展的同時，也可擁有個人的空間，這樣的生活，是不是很令人嚮往？

趣

生動開懷意味濃

　　童心率直表真衷

旅遊教學多姿彩

　　曾點詠歌今古同

故鄉趣

石岐孫文西路

大宅無言話蒼涼

　　這是一幢傳統的嶺南大宅，青磚圍牆，三進三出的
九宮格局。大門是典型的廣府風格：由矮腳吊扇門、趟
櫳門和硬大木門「三件頭」組成。趟櫳門內是一堵照壁，
照壁後是個偌大的地庭，穿過庭院是正廳，左右兩邊都
是廊屋、廂房。大門頂上繪畫了王勃的《滕王閣序》：
「閒雲潭影日悠悠，物換星移幾度秋。閣中帝子今何
在？檻外長江空自流。」這幾句詩，隱隱地預示了黃家
子孫漂泊外地的命運，誤把他鄉作故居，是近幾代中國
人的悲歌，不獨是黃氏一家之不幸。

　　大宅左邊白牆壁上拓寫了朱元璋的盧山詩：「路遙
西北三千界，勢壓東南百萬州。美景一時觀不盡，天緣
有份再來遊。」詩歌總是反映著真實的人生，這座大宅，
就是由黃家先祖所建，他是長洲人，早年飄洋過海到澳
州謀生，做水果進出口買賣，賺取了人生的第一桶金之
後，就回中山買地起屋了。所謂僑鄉，就是離鄉的遊子，
把思鄉之情寄託在一幢幢大宅之上，把所有眷戀化作雕
樑畫棟，讓故鄉的親人安居，而家中婦幼對遊子的種種
思念，也只能依附在這庭柱之間，藉以撫慰那見不得的
痛苦。

　　這一幢大宅，外太公真正住過多久？恐怕不夠兩個
月吧？而他的家屬卻是在此地長年累月的守盼，見面是

如此的奢望，夫婦二人，一生人總共只相聚過幾次，每次都是來去匆匆，幸運的生下了幾個小孩，其餘的日子便是一輩子的等候和守望，這就是那個年代外出謀生者的真實婚姻，這是一闕舊時代女性的悲歌，也是離家男人永遠的痛。

　　這間大宅曾經安住了黃家十幾口人，解放後卻被五十幾戶人家所佔住，其規模之大，可見一斑。六七十年代後，這間大屋一直空置。到我幾年前踏足此地，大木門已被人撬走，青磚牆也破敗不堪，庭院內雜草叢生，已深至半膝，頹垣敗瓦之間，只見到屋頂的巨大橫樑，撐起這間即倒之大宅。就是這幾條觸目驚心的木柱吧，令我感觸，我親愛的婆婆，兒時也曾繞著這大柱奔走？我踏著這苔痕斑斑的石板地，仿佛可感受到婆婆的天足在此佇立；我走過凹凸不平的天井，仿佛聽到婆婆年少時的朗朗讀書聲；我撫摸青磚上的藤蔓，仿佛可觸及婆婆青春的模樣……

山鳳街的故事

　　26 歲的婆婆出嫁了，對方是書香世家，家住石岐山鳳街 70 號。那是一條曲巷深幽的老街，街口正對著光明路的，是康公廟。康公廟是以前石岐有名的寺廟，每逢節日，上香拜祭的人絡繹不絕，熱鬧得很。與年屆 83 歲的姨媽回到此地，老人憶述當時放在廟中的佛像，很多、很大、很靚。可惜的是，在四清運動的時候，廟內所有擺設都被打爛了，現在只留下一塊門牌、一個回憶、一份遺憾。

　　在那些瘋狂的歲月中，每個人都只是大時代的一顆小螺絲，為了生存，多少事物被消失於社會的熔爐中？

　　這條老街位於煙墩山腳北面，全長只有 339 米，西起於康公廟前街 1 號，東至阜豐廟前街 32 號，是民國初期華僑、富人的聚居地。街上的建築以南洋風格為主，其中 13 號為不可移動文物，黃牆、紅柱、紅花瓶，吸引著遊人的視線，也成為了民國差館的所在地。

　　可以想像，當時深居於長洲古老大宅的外婆，披著大紅的南方織繡八團花吉服袍，乘著大紅花轎走進這條充滿南洋色彩的街巷。觸目所及，盡是紅磚綠瓦，有別於娘家的灰暗厚重，這明媚的街景，一定會令這位梁家三少奶對新生活有著無限憧憬。這蜿蜒的送嫁隊伍，挑

著各式酸枝、花梨木器，樟木大箱內滿載著四時衣裳、綾羅綢緞，數之不盡的金銀珠寶，道之不完的繁華喜慶。

外婆的嫁妝
廣東,中華人民共和國

那一場婚宴，是石岐街流傳甚廣的一段佳話。可惜，現在已無法得知具體的細節，一切奢華熱鬧，只能存在想像中，即如當事人，也可能覺得如幻夢般，記得不真確了。

我只能確知的，是一襲粉紅色的綢緞襯裙，一個民國陶瓷名家余松茂造的釉裡紅盅、一個樟木大攏、一張鑲雲石的均旬木梳妝枱、一張酸枝長降床。這些鳳毛麟角的小物件，已經構築起我對婆婆結婚場面的無限想像。

短短的小街，是婆婆的新婚之所，後來姨媽一家也在此追逐著便宜的租金，流徙遷住了近十間房子，媽媽在這裡上中華小學，姨丈在這裡供職派出所，表姐們在這裡出生、長大……在這一條色彩斑爛的老街之上，承載著無數人的命運，木屐吱吱地踏著石板小路，其中，有著我的親人們多蹇的足跡。

石岐鎮的風姿

　　中山市，原名香山鎮，地處五桂山分支的鳳凰山麓，五桂山盛產「異花神仙茶」，香聞十里，人們稱之為「隔山香」，所以五桂山也稱為「香山」，香山鎮由此得名。

　　南宋紹興二十二年，當時縣令陳天覺請求朝庭將香山鎮升格為縣並獲批准，時維 1152 年 10 月 14 日。在陳縣令的主持下，香山縣的城址定在石岐山以東、蓮峰山以西、庫充河以北，岐頭涌以南的平原地帶。建城工程以梁溪甫父子五人為首，經過了兩年多的施工，一座嶄新的香山縣城，便屹立於南台山石岐河畔的廣闊平原當中。

　　石岐是一座小城，孕育了我婆婆的一家，是我媽媽魂牽夢繞的故鄉，我父親為之奮鬥了三十載的他鄉，更是生我養我的一方故土，我美好的童年在這裡植根。對這座城市的眷戀，是我們家族集體的回憶，無論是否離開，心中始終念掛的，還是這個古樸的小鎮，這些雅緻的街巷。

　　石岐最出名的一條大街名叫孫文西路，位於石岐西門外，西連津渡（石岐河），南繞煙墩山，東達仁山，構成「山、水、城」的格局。孫文西路古稱迎恩街，始

於隋唐時期，興盛於清代，是時海外華人回鄉建造大量
住宅、食肆及酒店，先後建成著名的「十八間」、「思
豪大酒店」、「匯豐公司」等，各種特色建築櫛比鱗次，
使這條大街別具姿彩。

　　這一年，親愛的婆婆，我的生命與你重疊了。在
這個苦寒的冬天，你迎來了人生的最後一個孫女。這一
年，陰霾未散，石岐街依舊殘破，帶幾分僑鄉的餘韻，
以「偉人故里」為傲，石岐人依然從容地過著悠然自得
的小日子。挑煤的把煤球整齊地碼在人家屋外的牆邊；
婦女們往返於街井挑水，腰身隨著挑擔而有節奏地擺
動，甩下了一個個嬌嬈的勞動的背影。這些身影裡，有
我的媽媽、阿姨、表姐……是她們，在我童稚的眼眸中，
搖弋出石岐街動人的風姿。

　　而我和你，相依在枕善坊的一幢華僑屋內，住在樓
下一廳一房，厨房在外面，下雨要打傘進出的。我無法
確知你懷抱著如暖水瓶般大小的女嬰，是一種怎樣的心
態。這已經是你的第五個孫女，之前的孫，也全是女孩，
你相當失望吧！雖然你不至於過分地重男輕女，但清一
式的女娃總叫人無法平衡吧。

　　七十年代的石岐街，粵中船廠仍在，去廣州仍要坐
一晚的花尾渡，從水關街走到百貨公司，要經過工農兵
劇場、蛇貓雞店、文化宮、新華書店……走完這些特色
的店舖，小小的人兒已經疲累不堪，以為世界之大，莫

過這條孫文路，建築之美，莫過這一幢幢騎樓洋房。

　　四歲時，我們家搬進了水關街口一幢三層高的新式住宅，我們住在 203 室一個兩房一廳的單位。我的童年就在這條小街中度過，咫尺之遙的革委會是我們一家人生活的場所。

　　我的童年，在婆婆的悉心照顧下長大。因為是早產嬰，我的身體特別弱，五歲之前有一半時間在生病，扁桃腺常發炎，發高燒更是家常便飯。婆婆半夜三更抱著我去人民醫院看急診是慣慣之事，在那些寒冬臘月中，年邁的婆婆是如何抱著虛弱的孫女踉蹌而行的？高燒不已的孫女是如何焦灼了婆婆的心？當一切的辛勞都煙遠於小鎮的燈火中，我只記得：酵母素是灰黃色的，余醫生總是仁慈地對著我笑，這兩個關於醫藥的影像深深地刻印在我童稚的憶記中。而每天中午，婆婆就站在水關街口那塊正方形石板上等我放學，然後帶我去工人診所打丙種球蛋白針，那個陽光下堅毅的身影，是我終生難忘的守護者！

　　其實，婆婆當時已經七十多歲了，耳聰目明，腰板不彎，長年穿著深灰色的對襟文化衫，而那條繡著小白花的青色手帕，則是她身上唯一的顏色。即便如此，她的形象依然是清朗動人的，她看報紙時的嫻靜，做針線時的優雅，明明白白地向我示範了，一個女人，無論年歲高低，都應保持高雅的氣質。

　　是的，我穿上了婆婆為我設計的時裝，走街串巷，在那全民皆灰的年代，我的粉紅與嫩藍，著實為石岐街帶來一抹色彩。以至，總有人問：「件衫咁靚，邊個幫你車㗎？」哦，那時沒有買衫的概念，身上的衣服，都是用布票買來布匹，先做紙樣，再用衣車裁剪縫製。我那小小的衣裳，是婆婆利用大人剩下的布頭布尾，拼湊而成美麗的圖案，製成一件件獨特別緻的衣裙。當大家都是白衣黑褲的時候，我已經穿著婆婆設計的新裝，在那小鎮中做我無憂無慮的小公主。

　　婆婆愛車衣，也愛讀書。每一個月頭，她都會給我和家姐一人一元人民幣，到新華書店買自己喜歡的書。那時流行公仔書，是四寸左右的黑白連環畫，一本一角。我們就用這些零用錢，買來了四大名著的幾十冊小書，當儲齊全套時，我們三婆孫都興奮莫明。那珍貴的小書，是文字對我最初的感召，也是婆婆啟蒙了我，走進了文學的殿堂。

　　在石岐，我度過了童年，由體弱多病的像貓兒大小的女孩，到懵懂的少年，婆婆為我注入了健康的體能，文化的滋養，告訴我，無論怎樣，都要優雅地活著。

故鄉的滋味

　　到我讀幼兒園時，婆婆開始老邁，已經不大煮飯，我們的一日三餐都在革委會飯堂解決。偶爾，講求生活質素的婆婆會做一些特別的食物，例如：曬禾蟲乾、炆豬肉、五香黃豆、醃酸蘿蔔……遇到大太陽的日子，婆婆會叫小小的我，跟著她到對面縣委會三樓的天台，鋪開了那一筲箕的禾蟲或黃豆，盡情地曬著。那金燦燦的顆粒，是童年時幸福的滋味。

　　婆婆拿手的炆豬肉，卻是童年最難忘的味道。兩斤五花腩，一瓶生抽，一斤黃糖……簡單的食譜就擺在這了，為什麼，婆婆煮的，味道就是那樣的濃、香、糯？那入口即溶的肉脂，是無可複製的美味。婆婆一煮就是一大鍋，分開很多餐來吃，一塊肉已是婆孫三人的一頓。有時肉吃完了，只是撈汁，又可以滿足地吃完那一碗白飯，然後跑出街呼朋引伴地玩耍了。在那物資匱乏的年代，人是那麼容易滿足與快樂。

　　婆婆是愛美的，即使已到高齡，也是把頭髮梳得一絲不苟，而且，並沒有什麼白髮。她只愛吃青菜和鹹魚，長年只吃七成飽，最愛清燉豬肉湯，除此之外，別無營養。我們現在講究的健康、纖體，婆婆早在幾十年前就一直堅守著了。可見，美麗，是女子終生努力的方向，無論是任何時代都不會過時。

　　婆婆腸胃不好，經常肚子痛，我最常見到的一幕，是婆婆坐在床邊捂著肚子，一邊用手帕抹著額頭。在不舒服的日子裡，她會為自己燉一碗豬肉湯，什麼也不放，清清的一碗湯汁裡，只有一塊半巴掌大的瘦肉。婆婆也不常給我們喝，在照顧自己方面，她一向很有一套，誰也不會阻止她。偶然間，婆婆會從她的湯中取一塊豬肉給我吃，嘩，那一種齒頰留香的美味，絕對是幸福的滋味。

　　到八十年代初，日子漸漸好起來了，食物的種類也豐富了，各種中山美食：葉仔、金咤、年糕、乳鴿、脆肉鯇、奶魚等一一紛呈，人們的臉上開始顯露出富足的快樂。

　　中山人追求小日子的滋潤，我們從不向往大城市的繁囂，到水關街口的蛇貓雞店吃一碗燉豬腦，從紅星冰室買一塊雪糕磚，叫一碟豬肝粉包，已經令童年的我淌著口水期待了。每逢端午節，婆婆還會包中山蘆兜粽，我最喜歡吃咸的，放進咸肉、蛋黃、綠豆、冬菇等食材，粗如手臂，蒸熟了，透著一陣陣葉香，用粽繩一節一節地切開，軟滑香糯，是無法複製的婆婆的味道。還有那一盤用荷葉鋪底，放進肥豬肉的中山年糕，磚頭一樣厚實，凍吃又香又硬，留在齒頰間的，是濃濃的對故鄉的回味。

中山金鐘水庫的粉黛亂子

朋友趣

特別的你

日曆走到了 2020 年 2 月 29 日，是你四年一度的生日啊！

四年前的今天，你包了一間在中環的酒吧慶祝，我們在美酒、鮮花、歌聲中為你賀壽。此刻，在新冠病毒疫症蔓延的時期，我卻憶起了和你走過的青蔥歲月。

從中學、大學到工作，我們已經認識了三十年，我最記得的是，你這個特別的生日，彰顯你是一個特別的人，一個特別的奇女子。

從中學開始，你就特立獨行。因為要逃避前男友的糾纏，你連父母都不曾告知，便在中六轉讀了一間有寄宿的學校，以求耳根清靜，那一年你 17 歲。於是，我們有緣相遇在同一個校園。

大學，我們在同一個班級重逢，那時，我們成了形影不離的好姊妹。去球場為男生打氣，是你最喜歡的事。你認識的男孩似乎特別的多，無論學霸學渣都會成為你的知心友，你會知道他們的每一段情事。而你總是漫不經心地說：「他們不會喜歡我，因為我不漂亮。」你那時醉心於賺外快，九十年代初，你去紅山半島為小學男孩補習，時薪是二百大元，回來還告訴我們，那間

大宅多豪華，女主人多漂亮，她為你準備的茶點多精緻。聽得我們這些一小時才賺七十元補習費的小薯們一臉羨慕。

雖然你的愛情，並不發生在大學校園內，但在校園外，你卻收獲了愛的驚喜。那是一個初夏的中午，我們上完課剛要離開，正對著校門外，停泊著一輛黃色的小甲蟲車，一個身材高大挺拔的男孩自以為有型地倚在車旁，那一幕像極了電影裡的求愛畫面。大家都在嘖嘖稱奇，想等待他的女友出現。而你，卻衝到了車前，只見他打開了車尾廂，裡面放滿了一束束的紅玫瑰，數不清有多少，密密麻麻的填滿了整個空間。驚嘆聲四起：誰會這樣高調？頓時校道上洋溢著浪漫的初戀氣氛，圍觀的都驚呆了。而你，居然木無表情地，上了他的車，絕塵而去，一聲再見也沒有對我們說。事後我們講起這次校園艷事，你卻淡淡地說：「我當時根本不喜歡他，是他自己追來的。」

哦，身為消防員的他，當然不是你喜歡的才子。你那一位心儀的對象是港大的高材生，與他相戀後，我們也漸漸少了聯絡，我也不以為然，那年代，重色輕友是常態。我以為，你很快好事近了。是在畢業後的第二年吧，你深宵跑來我家，和我哭訴，說你如何地遷就大才子，他又如何地負心，還是消防員老實。我默默地聽著，不停地為你添啤酒。你哭累了就躺在我家沙發上，度過了失戀的難眠之夜。

才子之後，你把重心放在賺錢之上。你的第一桶金，是以膽識搏回來的。也是坐在我家沙發上，你侃侃而談：「那次我在報紙上看到一則廣告，説有一間在美孚中心的銀主盤，但有租霸一直住在那裡。我一個女仔衝上去和他們講數，面對住幾個大隻佬，和他們講條件，最後把這個單位買下來，一轉手賺了一百萬。」你真是大膽啊！我們的 25 歲，還是月光一族，你已經是百萬富婆了，從此，你在我眼中，就是特別的存在。

17 年前的「沙士」，也是你賺錢的契機。有一天，你興沖沖地告訴我：「星島日報的地產版有村屋介紹，我們一起去看看。」於是，我和你即興坐上了東鐵，奔向了大埔林村，那附近有一個地盤，疏落地起好了四、五間的村屋，還沒有裝修。每幢叫價 300 萬，三層連千呎花園和天台。價錢是很吸引的，但交通不便，周圍也沒有什麼設施，對於住慣城市的我來說並不吸引。但你卻被吸引了，熱情地計劃著：「我一家搬來住，父母住地下，我住二樓，弟妹住三樓，我自己一個人有 200 呎大廳。最多每日搭百幾蚊的士回九龍返工，還要有數圍的。」我不置可否，你卻已經在實施大計了。你真的買了那幢村屋，而且，不止那一幢，你還在裝修期間認識了當地的原居民，和他們套丁，做起了興建村屋的生意來。

你並沒有具體地告訴我同村民合作的細節，我只知道你辭了原來的教席，天天在地盤中奔波，原來皮膚

白皙的你，已經黝黑得認不出來。你說包工頭雖然很粗魯，但卻可以和你合作。你說天天和圍村原居民打交道，已經成為了鄉議會的一員。我明白的，因為你從小就仗義疏財。錢在你這裡，來得易，去得更快。五年後的你，已經成為了地產發展商，在新界建了幾個村屋的屋苑。你帶我參觀金碧輝煌的示範單位，意氣風發的你，已經儼然成為了一個商業奇女子了。

好吧，因為你已經成為了地產商，我開始出入你的各式豪宅。從九吐山的別墅，到中環半山的名廈，你每年搬家，由東到西，你只信一個著名風水師的預測，你說要催旺桃花，我說：「你現在已成為這樣的女強人，哪個男人敢高攀？」你正式地說：「我其實只想做一個家庭主婦。」我們對視了一眼，哈哈大笑，然後在無敵維港夜景前舉杯，共賀你 35 歲的生辰。

後來，你的生意越做越大，你告訴我：「女人的錢最好賺。」於是，你開始了買賣珠寶首飾，你經營醫學美容的王國。在銅鑼灣你的美容院內，我見識了你日理萬機的女皇氣派，我們躺在裝潢奢華的貴賓室內，享受最豪華的美容護理。那是你事業成功的優惠。

然而，你是那麼的忙，以致我們的聚會也越來越急，越來越短。你把鎖匙交給我，我們在九龍塘的大屋等你吃晚餐，已經 11 點了，你才回家，匆匆吃了幾口飯，又要換衣服，趕去下一場的夜宴。一邊還說：「D

男人好衰，毛手毛腳。」我一驚：「你不是老闆嗎？他們敢？」你很無奈：「他們說是喝醉了，有什麼辦法？」我有些擔心：「不如不做了，你現在又不是沒有錢。」你長嘆一句：「幾百個員工跟我搵食，個個都有家有累的，我不可以停下來。有時三更半夜回到家，這麼大，這麼靚，卻只有我一個！」這時的你，是少見的軟弱和孤獨。

　　雖然有太多無奈，但你的從商之路卻越走越闊，我們見面的次數也越來越少。有時只能在過年過節中聚一聚。某個年初五，我們在你的別墅裡打麻將，你說要到巴布亞新幾內亞開發一個大地盤，興建起來有太古城一樣的規模，你說現在那裡多麼的落後，但是發展會是如何迅速。我覺得，離你已是越來越遠。你的媽媽總是擔心你，每次見到我都說：「你勸勸她，不要太大膽了。我不想她賺錢，只想她成家。」我回應說：「放心，你女兒是特別的人，上天自然會有特別的安排。」

　　果然你的婚訊傳來了，是以一個特別的形式，在大學群組中傳來了一張身穿紅色禮服的合照，你輕輕倚在一位中年紳士旁邊，然後平淡地寫了一句：「我結婚了，不擺酒，謝謝祝福。」我很愕然，也很受傷，我以為，自己和你相交幾十年，理應是最早知道的。你的婚姻大事，我怎可以錯過？我連你弟弟的婚禮也是座上客，怎麼輪到你自己，我卻成為一個陌生人？這不是你苦苦追

求的理想歸宿嗎？怎麼在人生大事上這樣淡然？你是一個怎樣特別的人？

　　這就是你，永遠的特立獨行，不按常人的套路和章法。女生們以為人生最大的婚禮，你平靜得如同日常。不是你有不得已的苦衷，不是夫君見不得人，也不是草率地下嫁，只是你覺得，真正的感情不用向別人展示，過程細節也不需要太多的鋪陳。是的，我們都已經長大，愛情早已經不是生活的全部，年少時執著的你儂我儂，到了中年，應該可沉澱為一盞醇厚甘香的紅茶，讓我呷一口你們新婚夫婦為我奉上的新娘茶，在茶香中回味我和你，一起走過的悠長歲月。畢竟，我們見證過最美好的對方！

　　今天，在這個口罩不離身的特別日子裡，讓我為你發一張舉杯的照片，雲上祝福：特別的你，生日快樂！永遠美麗！永遠幸福！

你是天空裡的一片雲

　　最近疫症蔓延，所有的事情都在雲端發生，雲會議、雲視訊、雲教學、雲上課、雲祝福⋯⋯在這漫天雲朵中，屬於你的這一片，卻始終在我的波心蕩漾。

　　少年時，你是一片純潔的白雲，穿著那身白色的校裙，飄逸在寶馬山頭的校園。多少男孩想一睹你的風姿，靜靜地在校門等候？而你，卻從不知道自己的美麗，熱情地對待每一次見面。記得我們的初次相遇，是在北角碼頭的 27 號巴士站，我手持厚厚的附加數書，你滿臉笑容地奔向陌生的我：「你有這本書？可不可以借我用一下？我第四節上課。」那時的我一定像個傻瓜，只顧著看你姣好的面龐，高挑的身材，心想：「怎麼可以把平凡的校服穿得這麼好看？」你輕鬆地一站，別人在你面前都難免的自慚形穢，我呆呆地遞上了厚厚的藍皮書。你燦然一笑：「謝謝！我在 5C 班，你第二個小息上來拿。」我「哦」了一聲，你就翩翩離去，帶走了那片潔白的雲。

　　哦！從此，我認識了你，認識了風頭無量的你。你是老師們的愛徒，是男同學心儀的對象，是女同學傾心的好友。你成績優異，樂於助人，漂亮大方，親切自然，開朗積極。那時，你是校園中被仰望的女神。最主要的

是，成績很好的你，卻主動和我交往，低一屆的我，受寵若驚。

那時的高中理一班，很少女生，男女比例幾乎是三比一。我們中四Ｃ班有八個女孩，你們中五Ｃ班恐怕也差不多。可見讀附加數，而又穿相同校裙的，真是寥寥可數。所以，你在巴士站一眼認定了我，毫無顧忌地向不認識的同學借書了。

你總是那麼的聰明，又總是那麼的善解人意。我以為向你討回數學書，我們就只是點頭之交了。誰知道，那天小息我一上到五樓，就在走廊見到你被一群男生圍住，你向我招手，待我走近，又問我名字，讀書情況。當知道我也是曾在執信中學讀初中，剛插班而進高中，你便更加熱情：「我們一起讀過兩間中學，你是我的小師妹，以後有什麼事，儘管上來找我。」

是這樣的緣分嗎？我記起八月底，當我來到這間陌生的中學，詢問學位時，葉校長很正式地對我說：「執信同學都很優秀，理科很好。我們理一班不夠女生，你進去讀吧。」吓？我一時頭皮發麻：「校長怎會如此斷言，我理科很差的。」今天一回想，原來，校長對執信女生的信心，來自於你！你令他以為，又取錄了一個理科精英。而事實上，你的太優秀，誤導了校長，害苦了我。

　　距離開學只有一個星期了，我別無選擇，硬著頭皮走進了中四 C 班的課室，周圍全是理科生，上一層，是你們五 C 班的學霸。在這偌大的校園中，你成了我及格的救命草。你並不親自和我補習，那會交給你的各位觀音兵。你只負責帶我一起到處遊玩，積極參與各種活動，我也樂做你的小跟班。我們參加了校報《跨越》的編輯工作，受到了當時萬老師的賞識；我們在學生會中搞文集，我寫詩，你聯絡；我們周末一起逛街，你就住在我家。我們一起回廣州，一起去澳門，手挽著手，一起消磨中學生的假期。我深刻地記得，當我倆走在一起，旁人艷羨的目光，那時，你是一片青春活潑的雲。

　　因為會考成績優異，你被優先錄取，進了中文大學修讀化學系，展開更精彩的校園生活。你帶我去你的女生宿舍屈蛇；你繞著我的手介紹你的新同學；你領著我遊覽中大的景點，我多想，和你在這美麗的校舍中上學。我記得，你畢業那天，我攜了一大束百合花來賀你，你興高采烈地和每個人合照，花影陽光下，你是最艷麗的雲彩。

　　讀完大學，你馬上去了周遊列國，差不多暑假結束才回港，那時很多同學已經找到了工作。你選擇了重回母校，執教鞭教導你的師弟師妹。以你一貫的風姿秀逸，你一定也是校園中的風頭躉，一定是學生眼中亦師亦友的漂亮大姐姐，以致三年後你離任，全班預科生都

寫信挽留你。然而，你本就是一片自由飄蕩的雲，你應該奔向更廣闊的天空。

你辭了教職，到港大讀化學研究生課程，並兼職做教授的助理，你開始走上科研之路。然而，我們卻依然一起玩，一起去圖書館找資料，你陪我寫孟子的論文，和我分析《紅樓夢》。是的，你很文藝，很活躍，認識了當時得令的作家，我們會一起去和他們見面。我在雜誌社工作，你上來報業大廈找我，我帶你去二樓食堂吃午飯，又迎來了一陣陣艷羨的目光，我們習慣性地微笑向前。書展到了，這次輪到我挽著你，在各熟悉的攤檔前流連。那是兩朵最無憂無慮的白雲。

你愛玩，喜歡所有刺激的動態的活動，最愛拍攝、飛車、騎馬。你喜歡熱鬧，所有的派對，都會見到你的蹤影。無法想像，穿著大露背禮服，婀娜多姿地遊走於各式夜宴的你，是如何披著白大掛，神情專注地做研究工作。那是兩種不可能混合的形象。

然而，你卻做到了，你可以連續幾日呆在實驗室中做研究，你可以為了一個結果而廢寢忘餐，你是典型的工作狂。你鑽研的課題，從你讀碩士開始，我已經聽不明白，我只知道，很高端，很專業，全香港只有幾個人在做。你認真地攻讀，像書呆子一樣埋首在資料器械中，你說，試過兩個星期沒有離開實驗室，只是吃三文

治和飲水。一旦做起科研來，你是一個不折不扣的科學
家：專注、嚴謹、恆心、毅力，樣樣不缺，甚至更加青
出於藍。很快，你順利地在香港完成了博士學位。你將
遠赴美國，去一間更專業，更高端的實驗室，展開你科
學世界的廣闊天空。那時開始，你是那一片高不可攀的
雲。

　　到了美國，你更忙了，我們幾乎失去了聯絡。只
是在社交網站上，偶然見到你的身影，我會不時仰望天
空，記掛你這一片自由的雲，到底在哪一個天際翱翔。

　　2013 年，突然傳來了你的電郵，你高興地告訴我，
你回國了。你在美國科研工作生活了八年，現在被中科
院人才招聘回國建設國家蛋白質中心，主管質譜系統，
成為中科院上海生科院的研究員。繼而，作為中科院延
攬的 100 位專家，你帶著尖端的質譜研究技術，去到了
北京，在北大醫學院開設你新的實驗室，開啟了這項國
內幾近空白的醫療研究項目，你以女科學家的身份重回
我的視野。

　　你要回香港，主持母校的演講。我受伍校長之託，
在北角的酒店大堂等你，那是我們相隔多年之後的重
聚，我很渴望見到成為科學家的你。雖然因為公事才相
見令我覺得別扭，我不知道，自己將怎樣面對一個遠在
雲端的你。

　　你終於出現了，一樣的長髮披肩，一樣的牛仔褲，白球鞋，背了個輕巧的背囊，拖著一個小行李箱，把外套系在腰間，輕盈得像少女時代一樣，走過來擁抱我。斷開了的時空突然對接起來了，自自然然的，好似，一切都沒有改變。你道歉，一直在忙，一忙就六親不認。見到了你的真人，我已經不介意了。我們上了你的房間，你系上我送的圍巾，我們一起去麥夾記吃雲吞麵，你說，好久沒有吃這廣東味道了。我們走進髮廊，你打算把一頭長髮電鬈。你說好久沒有逛街，我們要去SOGO 大出血……一切都仿如回到了舊時模樣，那個記憶中的你回來了，從高高的雲端，散落回尋常的煙火人間。

　　你回到了母校，這間你讀過的，教過的中學。當面對著一千個師生，在偌大的禮堂講台上，你正正式式地介紹你的專業：蛋白質質譜科學，這項新技術，將會為各種癌症基因找對新的圖譜，及早地為更多的患者找到治療的希望。學生問你當年為什麼要放棄教書，轉而從事科研工作，你解釋道：「進入香港大學的研究院之前，我屬於還沒開竅的那種。畢業後回自己母校當了高中老師，一玩就是三年。忽然有一天看清楚當老師不適合自己，於是就跑去港大考研究生，從此找對了情人，對科研死心塌地，愛得難捨難分。」師弟又問：「怎樣才可以成為一個科學家。」你答到：「一個人要讓自己成為『個體』，不被周圍影響，這對做科研的人是非常

重要的。每一個人的家庭和個性是不一樣的，要找一個最合適的環境，走出自己的路而不能別人怎麼樣你就怎麼樣。」

你告訴大家，科研的路並不好走，但選擇自己喜歡的專業，一直走下去，一定會成功。我開始有一點明白，你一直在做自己喜歡的工作，你並沒有動搖過對理想的追求，你一直是獨立而堅強地走在自己選擇的科研道路上。周遭的人際交往，已經拋諸腦後，你只醉心在很少人認識的質譜技術的研究之上。當你專注其中，沒有人可以干擾你的事業，所以，我對你長久的失聯釋懷了。

是的，你是明明可以靠顏值的，但你卻比別人更用功，你更有說服力去證明：女性，不應該自限。

學校要為你作一個專訪，我選了漂亮的中文科代表周同學來採訪你。關於如何平衡興趣和工作，你這樣回答：「喜歡接受挑戰寫在我的基因裡。最初步入質譜領域，就是源於對挑戰新事物的熱情。我喜歡車，喜歡飆車，我熱愛質譜儀器，喜歡把質譜技術發揮到極致。車和質譜都是我心愛的玩具。」這時，你飆車的颯爽形象在我腦海中飄過。在這一刻的校史室內，面對你們兩位隔代的美女，我一時有些恍惚：一個美麗的女科學家，是怎樣走出成功路的？這中間的苦與樂，只有咬實牙關地挺過來了，才有相視一笑的默契吧！

多麼慶幸，我感受過你的熱情，分享過你的貪玩，體會過你的專注，欣賞過你的才華，更敬佩過你的堅持。

你我相遇在八十年代，香港的晴空。那時，你是一片自由自在，靈動飄逸的雲朵。愛玩的你，一直恣意飛揚在更高更遠的天際，漫遊在無垠廣闊的宇宙之中，追逐自己的理想。我感恩，在你停駐的一刻聚首，於心湖上投下難忘的倒影。你，是我始終仰望的，天空裡的一片雲！

你是飛翔的小鳥

最近，雲，是主調，由雲想到了天空，想到了一直在天空飛翔的小鳥，想到了你，想到了你的名字，你的選擇——飛，是你人生的主調。

一開始認識的你，是一個令人一見難忘的女生，高挑的身材，提高八度的聲音，開朗熱情，像那天空中鳴叫的小鳥，吱吱喳喳地在我耳邊唸叨。

那時，我的成績令班主任陳老師十分擔心，這已經是初三的上學期，她不能容忍在她教的班上有人不能升讀原校高中。於是，陳老師安排成績優異的你坐在我的身旁，幫我貼身補習。於是，一文一理的我們，走在了一起，從此以後，變作了一生的知交。

很抱歉，愛玩的我們令陳老師的如意算盤打不響了。我們上課坐在一起，不停地聊天，放了學，周圍地遊蕩吃喝，把學校附近的食肆吃了個遍，才慢悠悠地去對方家裡玩，那時候，我根本沒有任何上進的心機。初三那一年，是我人生中騎自行車最多的一年，我和你從河北至河南，遊遍了廣州的大街小巷，逛了一個又一個公園，在一間又一間冰室中流連，你沒有教我任何功課，以致我們長大之後，每次和陳老師飲茶，都不敢向她老人家提及此事，怕勾起了她失望的回憶。

　　雖然在成績上，很抱歉，但在友情上，我們卻心滿意足。一年的相交，而引以為摯友，那是我們的緣分。你後來總問我，理性的你和感性的我怎麼可以這樣投契？那是上天對我們的恩賜吧。你常說，小時候的我就像一片雲，整天隨遇而安，那你就是那隻在雲上飛舞的小鳥吧，我們在一起，總是那樣的自由舒暢。

　　你名字中有個「飛」字，你也酷愛自由。你整天地飛來飛去，沒有定向。「飛機飛」的外號是我媽封給你的。然而，我覺得你更像一隻小鳥，無拘無束地飛翔在廣漠之上。

　　高中畢業，你免試進入了澳門東亞大學，修讀政治學。那是一個我無法想像你會喜歡的學系，難道你畢業後想做澳門政府公務員？暑假你來香港找我，我帶你去旺角玩，請你吃巨無霸，你喝了一大口可樂，滿足地打了個嗝，然後回答我：「讀什麼都沒有所謂，反正不用高考，我只想出國。」於是，你去了澳門，住進了簇新的大學宿舍，一本正經地學起了葡文。我記得，你的窗外是一片黃色的淺灘，那時連接兩岸的大橋還沒有興建，而那裡遍佈了我們倆遊玩的足跡。很快，我們又遊遍路環氹仔和新馬路。我們的餐單上有了馬介優球、葡國雞和焗豬扒包。而你的男朋友，開始如走馬燈似地換個不停，每一次過澳門，總有人為我們埋單，我們又吃盡了中葡美食，木偶餐廳成為了我們的飯堂。而我和你，有時卻喜歡兩個人一起，租一輛三輪車，從舊葡京

南環一直坐到下環，在十月初五街買一盒杏仁餅，或者到荷蘭園看看時裝，又或者漫無目的地，悠悠閒閒地在長堤上蕩來蕩去，繼續吱吱喳喳地談天說地，消磨那些無聊的夏日。那時，我們是一對快樂的小鳥。

你終究是要飛的，澳門這個小城只為你留下了點葡國菜的熟練，那些土生土長的澳葡男孩留不住你想要飛的心。他們撕心裂肺的挽留，只剩下後來我和你相視一笑的談資：多少年少輕狂，都付笑談中。

畢業之後，你要飛向太平洋彼岸了，西方的自由，才是你翱翔的天際。我在香港啟德機場送你上飛機，你流露少見的擔心：「我這次名義上是參加交流團，之後爸叫我借機逃走，留在美國不要回來了。」我呆住了，出國，是一時流行的選擇，那時，人們削尖腦袋要移民外國，任何一個不知名的島國，可能都是投奔的目的地。各種偷渡的方式層出不窮，我只是不明白，一向天之驕女的你，為何也要冒險走上這一途。留在國內，不好嗎？你有些無奈：「不是不好，而是大家都想走。你知道我哥哥沒有出息，我爸爸想我們兩兄妹是旦走一個出去。」原來是這樣的，那是一種潮流，那是一種心態，我認識的人，也走了不少。那時候，走不了的，才是庸才。我默默地遞了一個信封給你，裡面裝了五百元美金，那是我當時，全部的身家。你轉身，似乎抹了一把眼淚，向我揮一揮手，就乘坐著聯合航空的班機，飛向了南加州的晴空。

　　你飛走了，我很擔心，天天等你的消息，又怕你走不了，又怕你走得了。忐忑地過了一個月，長途電話中傳來了你那熟悉的高音：「我在三藩市了，有人收留我。」我不敢在空氣中問你逃走的細節，只知道，你已經飛越了太平洋。你在加州落下了腳，我知道天大地大，你將獨自一個人去闖蕩。

　　大家都説，新移民在外國很慘。但你卻一直興致勃勃，繼續吱吱喳喳地告訴我在美國的新奇見聞。你個性開朗，英文流利，早已習慣西方生活方式的你，適應之快簡直堪稱神奇。你極速地認識了一個華僑子弟，你説他們原是花縣的農民，已經是第三代的移民。這個男子讀工程出身，只會説不流利的廣東話，你和他相識不到三個月就閃婚了，因為看中了他美國公民的身份，你要儘快拿到綠卡，開展你的新生活。對於你的婚姻生活，你是這樣形容的：當你同時開著電視，看著雜誌，吃著薯片時，他會叫你先關掉電視，不要浪費資源。當你想在後園種花，你的老爺卻一聲不嚮地種起了蔥。我便替你委屈，畢竟，你們是兩個世界的人。空中的鳥兒，怎麼和籠裡的同伴爭吵？你自有你的天地。

　　我真正地見到這位傳説中的薯仔，他已經成了你的前夫。那個夏天，你撇下了他，回到了香港找我。他氣急敗壞地追到了我家門前，求我開門讓你們見面。他向我哭訴你的變心，説你利用了他，説入了籍的你有毛有翼，會飛了。

現在才會飛？我聽了想笑。他真是不了解你，你一直在飛，他只是你中途停靠的驛站，休息夠了，你就會拍拍雙翼，展翅高飛。

你飛向了另一個領域，你在加州大學讀了一個電腦學位，那是矽谷最流行的行業，但你讀完後並沒有成為一個工程師。你很容易和人交朋友，做地產成為了你的強項。你有過人的生意頭腦，你把父親為你買下的別墅轉按套現，買了一間舊公寓，稍加裝修後高價賣了出去，你自己賺了在美國的第一桶金。從此，你認為做房屋買賣更自由更賺錢，於是你考了個經紀牌，名正言順地做起地產生意來。

每年暑假，我都會去找你，你開著轎車，架著太陽眼鏡，花枝招展地來接我，我們又一起，吱吱喳喳地，穿州過省地玩。你會去拉斯維加斯聽一場音樂劇，去酒莊買一瓶紅酒，去夏威夷小島度假，你過起了最舒心的日子，活色生香，是那時的你最佳的寫照。你從不向我訴苦，仿佛天天都像加州陽光一樣明艷動人。每次見面，你都興高采烈地向我介紹你的新生活。我知道，你不想我擔心，其實，我也不擔心你，你的聰明和樂觀，戰勝了新移民的一個又一個難題，在美國一個人生活的你，自信又美麗。你住的房子一間比一間大，而男朋友，卻一個比一個特別。

　　有一天黃昏，我們被引進了一間英式的老宅，書房內是一列一列的壁櫥，我從沒有見過這麼多的私人藏書。一個禿頭的老伯熱情地向我們介紹他的專業。你說，他在追求你，他是一個化學家。哦！怪不得聽不明白他在說什麼。若干年後，我在報紙上見到諾貝爾化學獎的得主，竟然就是這位老者。我馬上打電話給大洋彼岸的你，你聽後哈哈大笑。可憐，我們連他的名字都不記得了。這一次與諾獎得主的擦身而過，也是我們之間的一件樂事。我只記得，那晚你喝著紅酒，狡黠地笑著：「和鬼佬拍拖，是體力活！」

　　你是一隻飛無定向的小鳥，越飛越高，越飛越遠。

　　直到又一個暑假，我收到了一幀美麗的名信片。你穿著潔白華美的婚紗，腳踏八吋厚底的銀色拖鞋，走在夏威夷黃昏的沙灘夕照上。你身旁的新郎，是一位昂藏九呎的英俊白人，你們倚偎在一起，簡直就是一對璧人。在雲端飄蕩了許久，你終於，找到了歸宿。

　　誰是那位幸運兒？是身高？是血統？是學歷？是工作？這位白領精英走進了視線，你可以停航了。

　　你停止了飛翔，你住進了大宅，你不再上班，甘於做一個家庭主婦。你洗手作羹，每天為了夫婿的一日三餐操勞。那一隻叫波比的小狗，成為了你生活的重心。你不再吱吱喳喳，更多的是沈默。我再去你的新家，從

未有過的陌生感讓我不安：不習慣你的安靜，不習慣你夫婿的客氣，不習慣你對他的拘謹，不習慣你和他各處一層的相敬如賓。當他坐在客廳的沙發上入迷地看著電視上的美式足球比賽，你一個人在書房中追看電腦裡的中國宮鬥劇，我在客房中感到絲絲的冷漠。

是什麼，使你變成了一隻折翼的鳥兒？你曾經是那麼自由自在地飛翔，那麼鵬程萬里的你，是飛得太久了？是投入美國上層家庭的壓力？是難以融合的中西文化？是你無法隨便回家照看年老父母的無奈？還是，只是人到中年的疲累？

不要忘了，你是天空中自由飛翔的小鳥，若是倦了，容或稍事休息，整頓，再飛往萬里晴空。

慧翠道上的身影

　　寫到了朋友，你們又怎麼可以缺席？當四個大一女生，花姿招展的，迎著春風在寶馬山徑中輕盈走來，那是慧翠道上一道美麗的風景。

　　多麼青春靚麗的四美圖，如花似玉的 A，熱情爽朗的 B，溫婉可人的 C，浪漫多情的 D，你們，一樣的嬌俏，一樣的明媚，一如仙女下凡般清麗脫俗。大家都披著周慧敏一樣的長髮，有袁詠儀一樣的明眸皓齒，最愛唱黎瑞恩的《一人有一個夢想》，喜歡追逐劉德華的身影。那是，美好的九十年代，當選香港小姐是一種光榮，而你們，每一個都可以媲美她們。

　　和你們相識，是人以群分的自動選擇。開學第一天，A 最早地選了一個靠窗的位置坐下，B 進來坐在 A 的後面，接著 C 坐在 A 的旁邊，D 坐 C 的後面。於是，四個新生圍成了一個方陣，從此，密不可分。是奇妙的緣分嗎？A 回憶道：「我那時純粹想曬太陽，看風景。」B 說：「我見到全班最靚那個，就坐了過去。」C、D 也是被美女吸引吧？所謂朋友圈，就是這樣形成的？

　　初相識，你們就變成了密友。那時女孩子的感情很單純，大一的學習也沒有什麼壓力，山腳下的北角、銅鑼灣成為了你們的蒲點。你們就是這樣四位一體的，在

校園中招搖，一起遲到、一起吃飯、一起走堂。不少教授對你們很縱容，他們甚至會為隔壁班的男生向你們轉交情書，然後在班上一起調侃那些傻氣的舉止。一學期交一份的論文，對於你們是輕而易舉的傑作。因為，有很多追求者爭著為你們代勞。他們真的很傻，從北角山上一直跟蹤到金鐘地鐵站，只為跟你們說一聲再見；他們省吃儉用，努力做補習，只為了給你們買一個包包；他們削尖了腦袋，扮盡了小丑，只為了博得你們的一聲笑罵。青春就是這樣吧，不知為什麼會這樣精力旺盛，也不知為什麼會這樣無聊天真，就這樣的，嘻嘻哈哈地遊走在這不大的校園中。

　　這是一間私立的大學，規模很小，比很多中學都顯得陳舊和樸素，但這裡的老師，卻展現了不一樣的風骨。這才是慧翠道上，令人高山仰止的背影。

　　校長是一位女學者，她最初的退休心願是辦一間幼兒園，後來有感於香港的大學不多，為了讓更多的青年可以接受高等教育，她決定改辦一間私立的四年制大學。那時候，香港只有三間公立大學。鍾校長宏大的心願，得到了作為大法官的丈夫胡校監的支持，於是他們兩夫婦，就在寶馬山頭，興建起大學來。他們伉儷傾盡了畢生的心血在這所學校中，校舍內的一椅一桌、一磚一瓦、一草一木，都是校長校監親手置辦的。校長曾說，她自從辦校以來，就沒有再買過新衣服。你們聽了很動容，不過校長永遠穿著得體的旗袍，她瘦小而優雅的身

影，無時無刻地出現在校園中。有時，是關上課室內開著的燈；有時，是慰問夜自修的學生；有時，是在辦公室中工作至深夜。

這樣的校長，令你們自豪，令你們自勉，不能丟學校的臉，更何況，你們是學校最強的中文系學生。

中文系，那時是學校的一道光環，因為系主任，是一個典型的五四學者，畢業於清華大學，是錢穆的高足。湯教授，傳說中的名師，退休之前最後一年教大一國文了。他說著你們聽不懂的不知什麼方言的普通話，他身材不高，腰杆卻挺得很直，戴著一副厚如玻璃瓶底的眼鏡，圍一條紅色的頸巾，只要他一站在那裡，就像新文化運動的活歷史，那氣度，那風範，使你們都不敢造次。第一節課上來，他就在黑板上洋洋灑灑地默寫了二十四本書的名字和作者，叫你們去買來讀。那就是中文系的傳家之寶：廿四味——爾雅、廣韻、四書五經、唐詩宋詞。

上湯教授的課，是最難熬的。他只用一本書：影印版的《尚書》。那上面沒有標點，只有切音。教授叫你們逐個起來句讀，讀一句要解一句，不懂的就站著，一下子，全班幾乎都要被罰站了，只剩下幾個男孩子，他的得意門生。湯教授很生氣，青筋暴露地罵你們，很大聲，你們都低著頭，不敢看他。被教授罵，是一件很醜的事，而湯教授又是特別的嚴格，稍有不滿就拍枱拍

凳，你們都很怕上他的課。半個學期下來，大半班同學不合格，又是必修課，大家都很擔心，唯有在他的功課上加倍用功。一年之後，那廿四味的經典古籍，竟也開始品出味道來。

　　所謂嚴師出高徒吧，跟從過湯教授的，無一不被他的文化氣度所折服，你們不是他的得意門生，因為你們並不是嚴謹治學的。你們喜歡詩詞歌賦，洪老師是很受歡迎的教授，他身材高大，嗓門更大，上課時吟誦詩歌，聲情並茂，年輕的學子們往往陶醉在那綺麗婉約的宋詞中。老師們把大家寫的舊詩新詞編進了雅集，在校刊《仁聲》上發表文章。你們參加了話劇社，組織聯校派對，策劃聖誕音樂會，邀請了當時流行校園的歌手王馨平、馬俊偉來表演……大學的校道上投下你們忙碌而快樂的身影。

　　這一抹慧翠道上青春的光影，明媚絢麗，照亮了日後寂寂暗淡的中年。在無奈委屈之時，會慶幸：也曾任性，也曾驕傲，也曾那麼肆無忌憚地揮霍過年少的光陰。

麥上花開

2015 年校慶嘉年華會上普通話學會的設計展版

教學趣

趣教中文

　　子曰：「知之者不如好之者，好之者不如樂之者」，中文教與學之難，在於找到一個「趣」字。為免師生相看兩厭，致力於還課堂之生趣，使學生於歡樂處心生喜愛之意，繼而專注向學，探求學問之大意義。

　　閱讀之趣，在於理解不同角色人物之性情，用故事情節引入，聯繫古今，以班上同學代入不同情感，喜怒哀樂愛惡欲，人之共性。尋找學生可共鳴處不難，只要投入想像空間，此學生他日會變成彼人物，則妙趣橫生。試假設甲同學是藺相如，奉和氏璧於章台，乙同學是秦王，眾同學是左右妃嬪，我們且看他們如何回到過去，「傳以示美人及左右」，自然滿堂哄笑，印象深刻。

　　寫作之趣，在於邀遊於想像的空間。引學生進入不同的場景，聯繫學生日常經歷加以深化。例如題目是一位令我初則畏懼，後卻心悅誠服的訓導老師，可以設定開頭是我的鄰座女同學，她的父親是本校訓導老師，女同學作弊，訓導老師如何處理？大家可以七嘴八舌討論接下來的情節，十分鐘之後構思結束，執筆書寫這題2001年會考作文，如此寫作也就變成趣事了。

　　綜合之趣，在於有規有矩，易於操作。七段內容，首段背景、二三段整合拓展、四段過渡、五六段見解論

證、末段總結。千五字數，如砌積木，75 分鐘之後，呵氣停筆搖手，砌完成品，滿足感頓生。

　　討論之趣，在於口若懸河，滔滔不絕。短講之後，自由暢談，上至遠古，近至昨天，縱向國際、橫貫本港、天文地理、歷史文化、忠孝禮義，談古論今。組員或唇槍舌戰，或三緘其口，或搔首搖腿，或沈默緊張。眾生諸像，可謂為奇景，自然趣味盎然！

　　概而言之，讀寫聽說各有其趣，考試只是增加遊戲難度，非為語文之全部，學生可視之為遊戲闖關之趣。諸生只要抱著公開試必勝之信念，秉持學習中文之初心，毋忘我華夏悠久文化，則漢語之美，歷久彌新！

大製作之趣

在這個校園中，一年一度的大活動是成長學習周，每年三、四月，就會全校大動員，每一級都有安排。中一軍訓、中二農耕、中三歷奇、中四中五離港遊學。這一場聲勢浩大的活動，像一幅青春的卷軸，熱烈地延續著。

而差不多每隔幾年，就會進行一次全校性的各班專題研習比賽，那才是一場曠日持久的耐力賽，才是苦樂俱全的大製作。

第一次接到任務，應該是 2008 年的十八區專題研習，那是問卷調查剛興起的亢奮年代。我們每個班都被分配到不同社區，和當地的區議員會面，談及本區問題，然後設計問卷，作採訪，並撰寫報告，提出建議，最後結集成書，在全校周會上報告。

那是一場硬仗，而我當時任教的是中 2B 班。我們被分到深水埗區，那是全港最貧窮，但又最多特色街道的一區。我們定下了「表現貧窮，改善經濟」的主調。然後，設計了十幾條問題，印了一百份問卷，在深水埗附近進行街頭訪問。可憐那些十多歲的初中生，在烈日下，在品流複雜的大街上找人訪問，我們當初也擔心，

遠遠地觀察著。幸好當時社會氣氛很祥和，光天化日之下都是安全的，我們老師過慮了，同學們的實際能力比我們所知的強。

　　果然，他們很快地完成了一百多份問卷，之後還學會統計表格，整理數據，分析結果。除了問卷之外，我們還分組上門去訪問那些住籠屋的居民，了解他們的實際情況，親身感受貧窮的壓力，對學生來說，感受是深刻的。接下來，就是現場考察，去鴨寮街、黃金商場、花邊街，讓學生體會這個社區的特色，找出改善經濟的方法。

　　一個下午的街頭活動結束了，學生們帶著滿滿的收穫，回校製作我們班的報告。我把學生分為五組：寫作的、繪畫的、統計的、排版的、電腦的，讓每個同學都有任務，都可以有投入感。每天放學，全班同學各司其職，都投入到自己小組的工作中。那種天天創作新篇章的成功感，那種熱火朝天的幹勁，使全班同學進入了奮鬥的節奏，投入到這個共同的目標中，不是為了贏，而是為了完成的喜悅。

　　最後，我們中 2B 班的報告贏得全校冠軍，成功地戰勝了高中同學。而我們當年的小組長們，有的現在已經成為了大學講師、物理博士……是真正的贏在起跑線上啊！

　　事隔十年，我任教的 4B 班，又迎來了另一個類似的大比賽。這次的研習對象是職業十八般，而成果則是製作電腦網頁，得勝者更可贏取二千元獎金。又是不熟悉的東西，不過，我有了之前十八區的經驗，這次很快地分好工。

　　我們班有一位家長是警察，他安排了三個科給我們採訪，分別是警犬科、警民關係科和示威遊行科。我把學生分成了以上三組，每組負責搜集資料，設計問卷，採訪，寫稿，編輯，設計，電腦製作……日程排得滿滿的，每個周末都要出動，工作繁重，心情卻興奮快樂。

　　在採訪的過程中，學生體會到每一份職業的不容易，平衡各方面利益的技巧，是一種藝術。我們以此為題目，結合探訪感受，體現三個科的特色，寫成了洋洋萬字的報告，上載到網頁上。那是一場巨大的製作任務，經過了多少個黃昏的努力，多少個連夜的趕工，到中四散學禮，我們終於贏到了獎狀，那是全班同學整整一年的辛勤成果啊。

　　至於那二千元獎金，到升上中五，我們就以吃韓燒作為開學禮物，吃掉了！

　　那些傾注了無數心血的大製作，是師生們一起努力的成果。一本厚厚的報告，是每一個學生的亮點所在，

文字背後，圖片背後，是心力的結晶，是各種能力的聚合，是團結的力量，而唯有上下一心，互補長短，才會成功。過程中或許痛苦，但奮戰之後的快樂，才是最難忘的。

　　大製作之趣，在於苦中有樂。

4B 班製作的報告封面

越讀越快樂

姐姐的《王安傳》

　　姐姐寫的新書，記錄了一
代電腦大王的奮鬥史，還原了
華人在科技界的領導地位，定
格了一段煙遠的往事，解構了
一個具戲劇性的商業案例……
姐姐以歷史的視野，文人的感
觸，商界的理性，寫下了留學
生的共鳴，華人的驕傲，創業
的艱辛，為王安這位華人之光，
獻上一份隔代的敬意！因為姐
姐的義舉，與有榮焉！

　　《王安傳》獲哈佛大學燕京圖書館的收藏，對於初
次著書者，這是一個極大的肯定和贊許。在這 250 頁的
書本中，在這十萬文字背後，我彷彿瞥見：一個南方女
大學生，憑著老師一句天才作家的鼓勵，在紐約地庫中
熬過苦寒的冬天；一對留學生夫婦，從兩台電腦開始，
在鄉郊家中創立一間蚊型科技公司；一位年輕的母親，
在王安捐助的兒童醫院中，陪患病的女兒挺過百多次的
大小手術；一個中國女子，以膜拜之情走進王安大劇院
工作……是感激，是共鳴，是隔代的敬佩，使這位鍾愛

文學的會計師執起了筆，以久違的中文，為一個不應被遺忘的華人立傳。無關名利，不涉世俗，只憑一個信念：「Beyond！」認定目標就堅持下去，工餘閒暇全奉獻在寫作中。終於，在廿年後的今天，以跨國企業高管的身份，以慈善事業回饋社會，她可以驕傲地說：「我沒有放棄！」

黃效文先生的《山海經》

　　世界著名的探險家黃效文先生為姐姐的書寫序，得以認識這位亞洲 25 位英雄之一，走進他位於石澳的展覽室。在星雲大師的贈字下留影，手執上個星期才從 Irrawaddy 河源頭取回來的水。見識真正的黃飛鴻舞過的獅頭，了解黃先生拯救瀕危的緬甸貓，使之回歸故鄉的故事。他為 101 歲的中國飛行員作傳，他拯救了藏羚羊和藏獒犬，修復了 12 間黎族僅存的傳統茅屋，保育藏族寺院廟宇。他探險隊的基地在香格里拉，目前全世界有十幾個地點接待不同的團體和學生……黃先生告訴我，目前希望把探險和保育工作擴展到中學的教育，他 98 歲的父親是一位中學老師……我想像，我的學生跟著他的團隊，在緬甸河船上探尋生物資源，在西藏民宿弄牦牛芝士，在菲律賓溶洞

探險，探索四大重要河川的源頭⋯⋯他的助手李先生邊娓娓地向我介紹，邊笑著說：「我們只是比較任性！」將浪漫的情懷付之實踐的足跡，在保育之後為當地人創富，再延展到帶領學生持續研究。這就是：中國最有成就的在世探險家！

徐子雲教授的《人在天涯──南渡》

恭喜徐教授，辛勤筆耕的長篇小說《南渡》終於出版了！掩卷之際，不禁慨嘆：文學是歷史的存照，大時代下誰都是小人物。兩位主角，一由天之驕子到死於非命；一由赤手空拳到學庫五車。可見，每一個選擇都決定了人生的下一步，難論對錯，只關乎時機。改革40年來，由簡樸務實的農村到燈紅酒綠的大都會，波譎雲詭的時勢造就了機會，也設置了陷阱。向前，可能是萬劫不復；向後，可能是海闊天空。政治從來複雜，商業從來險惡，世局從來動蕩，沒有人可以重踏別人的軌跡。只是，在作品的角色中，總能一窺時代的變遷，覓到種種人性的弱點：也曾勇往直前，也曾自私怯弱。不要問文學的真假，如果在掩卷之時，你也有一絲共鳴：怎會如此，合該如此！那就是一本成功的小說！感激徐教授為現代化歷程留住了印

記，為大灣區的前世寫下了注腳。在此熱烈祝賀《南渡》
入選第十三屆香港書獎。

辛夷塢的《蝕心者》

　　一本小説，吸引我通宵讀完；一個 80 後女作家，
令我驚嘆。一部現代作品，可以具有張愛玲的華麗滄
桑，王安憶的繁華盛衰，在沉靜的文字背後築起驚心動
魄的場景，長於言情，淡於敍事，卻在血腥之中激蕩起
青春的狂野。這是三個孤兒的宿命，這是一所大宅的精
魂，是物傷其類的無奈，是世情殘酷的昭示。是的，辛
夷塢以《致我們終將逝去的青春》為起點，已走出言情
的局限，借青春之名深究人性的悲涼。淡然的文句下構
成刺激的情節張力，展現出女人的堅忍和男人的虛偽。
或許為愛剖心的小狐狸無法奢望真摯對等的回報，但善
良的雲雀會為牠舔淨傷口。在這虛幻的人生中遊走一
場，恰如《紅樓夢》中的爆竹燈謎：「一聲震得人心恐，
回首相看已化灰！」坐了一晚過山車，享受被文字綁架
的快樂。

村上春樹的《刺殺騎士團長》

　　一口氣讀完厚厚的兩冊書，是近年來難得的奢侈！
一個追讀了 26 年的作家，從青春到白頭，感謝村上春
樹的小説，陪我走過如許深長的歲月。從慘綠少年到失
婚中年，從有到無，從具體到抽象，從意念到隱喻，我
們都一一面對。掩卷於這一部具自畫像性質的巨著，在

村上式的敍事風格，懸疑驚嘆之下，是對歷史、藝術、音樂、繪畫、戰爭、哲學、文學的深層探知，即使沒有能力消化所有的隱喻，但是，在浩渺的知識下低眉，在時間的瀚海中俯首，堅守相信的力量，以意志活出最真實的自己，就是文化的力量。

龍應台的《天長地久》

　　龍應台的新書，從知己手中接過，第一時間捧讀，掩卷！對於被歷史輾碎身心的上一代，溫柔以待；對於冷靜迷惘的下一代，溫和寬容。不必過度沉思老死，不必過分期待回報，只要好好活在當下：天下萬物皆是有時！那麼，何必遲疑呢？每一寸時光，都讓它潤物無聲吧！

聽講之趣

公大聽「奧斯卡生命教育講座」

　　生命教育，本來就是一個沉重的課題。我們都是拆彈專家，肩負著以生命影響生命的使命。幽默風趣的吳庶深博士，是香港教育制度下的失意人，敗走台灣入讀台大社工系，繼而成為研究生死問題的專家。

　　在短短三小時的講座中，我們享用了一頓關於生命教育的盛宴。前菜是吳博士以個人經歷自嘲，考了 11 次托福，經 22 年後終獲香港大學聘請為教授的吐氣揚眉；主菜是印度電影《三個傻瓜》，自殺未遂的主角和朋友十年後獲取「值得等待的幸福」；甜品是法國卡通片《生命有限公司》，訴說著主題：「天空不藍，仍然可以歡笑。」是的，面對生命的遺憾，我們需要選擇幽默，誠如卓別林所言：「人生近看是悲劇，遠看是喜劇。」感恩這一個下午與吳博士的「奧斯卡生命教育講座」相遇，感受到「送禮自用兩相宜」的快樂！

一年一度的「香港書展」

　　酷暑的周六，儀式性地走進每年的書展，先聽了關於張愛玲的七點與眾不同之處，再初窺李銀河對虐戀的 12 個分析。在夕陽下坐天星小輪到尖沙咀，看一場由李敖原著改編的話劇：《北京法源寺》，重溫「天公無

語對枯棋」的晚清維新。文學，滋潤了我們的心靈；社會學，令浮躁的思緒平和從容；美景，是現世的撫慰；歷史，教我們的沉思；藝術，為平淡的人生增添了趣味。喜愛暑假的香港，只為享受這精神的盛宴！

港大聽「嚴歌苓講座」

昨晚見到了她，優雅、靈動、溫婉、睿智。聽她講文學的意象：文革中自殺前的老夫婦，吃盡僅餘的糖果，化蝶仙逝；著名女演員嚴鳳英去世前萎縮如蛹；做保姆時破了的天花板裂開如蜘蛛網；女詩人病中如被大頭針刺住的蝴蝶標本……因著這些不可磨滅的畫面，提煉成小說的符號，於是，一個個人物便被塑造成經典，成就出眼前這位，幾乎囊括所有華語文學獎項的女作家！這一夜，我真正見識到，才女的意蘊氣質。

中大聽「白先勇講座」

白先勇，一個耳熟能詳的作家，是白崇禧將軍的兒子。81 歲的他，在台上手舞足蹈地講述小說與電影的血緣關係。容易拍成好電影的小說，如《孤星淚》，人物突出，故事曲折，文字不用太細膩。反而太深刻的、哲學性的，太大如托爾斯泰的名著，一般都拍不成好電影。白先生推崇李安的《斷背山》和《色戒》，喜歡《戰地鐘聲》。至於《玉卿嫂》，是他 22 歲辦雜誌時用筆名創作的，故事原型是姐姐告訴他的，他加上了悲劇的結局。在他的親自編劇下，小少爺的童年，就結束在促

成了玉卿嫂的慘案之時。玉卿嫂的錯愛也是不歸之路，
30 歲的如花少婦，最後只落得一個十歲男童的真心喜
愛⋯⋯唉，嘆一聲，這一個命苦的女人，被白先生寫活
了。自 1984 年以來，不同的電影版本、舞台劇、舞蹈
等輪番演繹了這一個淒美慘烈的故事，這姐弟戀的控制
欲啊！到哪，都是一聲嘆息，一陣唏噓！

　　歲月從不敗美人！ 92 歲的盧燕、64 歲的林青霞
一起出席講座，以優雅的老去娓娓地演繹出一闋歲月的
長歌。白先勇筆下的《謫仙記》，由謝晉先生導演成電
影《最後的貴族》，四個出身高貴的女子，1948 年赴
美國留學，一時盡領風騷！然而在時代變遷、家人罹難
下，李彤是仙女沉淪，其餘三人或選擇嫁人生子，或選
擇獨身成為教授。女主角似乎美得只應天上有，在歷盡
風塵之後，帶著去國懷鄉之痛，感父母離世之苦，最後
躍進威尼斯的河水蕩回天鄉。現場有讀者問白先勇：「玉
卿嫂為愛而死，李彤為怨而亡，難道，這是最好的結局
嗎？」白先生哈哈一笑：「寫不下去就只能死了⋯⋯」
李彤如果拼搏成為女強人，那就是另外一個故事了！台
北人 14 個故事，只重複一個主題：無關對錯，全是因
緣際會的命運撥弄！

麗江青龍潭

遊
玩趣

早春

　　清晨早起，走在初春的道上，若沒有趕時間的顧慮，能有閒情閒心欣賞一下周遭的景色，往往會有意外的驚喜。風兒是輕輕地、柔柔地拂面而來，和暖得叫人腳步也輕快起來。偶爾從附近的樹叢中傳來一兩聲鳥兒的鳴囀，聽著也是件舒心的事。

　　這樣一路地走著，伴著暖風晴天，也就衷心地喜歡著上班這一件事了。若沒有一份工作要你每天準時早起去奔赴，怕也沒有那樣的毅力迎著朝陽，裝扮整齊地出現在晨光熹微的林蔭道上，也更沒有那樣的機緣領略初春這香港的況味了。

　　香港的春天是醉人的。在未到黃雨時節之前，天空一片湛藍碧清，地上一叢叢的杜鵑盛放。鮮紅的、殷紅的、粉紅的、粉白的、玫瑰色、香檳色，紛紛擾擾，各自斑爛精彩著。都說南國的土壤最適合杜鵑的生長，於是，公園裡、街角上、人家的墻壁外，學校的花圃中，比比皆見一茬茬的杜鵑在恣意縱放著，盡情地展示著，煥發著成熟的光華。畢竟屬於她們的美麗是短暫的。任是如何的絢麗奪目，只一兩場的春風春雨，滿地滿園的繽紛芳華，都墜落飄零，只剩下一地的落紅片片，混入春泥了。來年也依舊是濃妝艷抹，重在枝頭上競艷吧？只是，新秀上場，雖華彩依然，但早已不是昔年的那一

串花瓣了吧？

　　每天上班，每天都經過那一樹樹繁花盛放的杜鵑。望著那依舊的艷容，心中一再泛起張愛玲筆下杜鵑的豐姿。都是走過香港大學附近的山路，也都在杜鵑樹下低迴沉吟著。一代的奇才作家如今芳魂邈邈，於異國長眠。未知她魂兮歸來，是否也會在這一樹的繁華下佇足？在她寂寞疏離的晚年中，這南國島城的灼灼花顏，有無時時入她的夢境，為她無盡的回憶帶來幾許鮮麗斑斕的色彩？

　　擠身在擁逼的公共汽車上，若有所思地望著窗外的花樹掠過，張愛玲筆下的馮平山圖書館遠了，而聖士提反學校卻一步一步趨近。不記得在哪裡看過，蕭紅的墓地原來就葬在聖士提反花園裡的，也有說是淺水灣。但我寧願相信是在這僻靜的山上，這裡的陰翳孤高，是適合蕭紅長久安息的。又是一曲天星隕落的哀歌。香港，這個地處南中國邊陲的小小島城，是何德何能，首先迎來了多情多才的蕭紅，為她疲憊的身心提供安歇之

所，令她在南海的暖風中，完成了一部如詩如畫的自傳
式小說──《呼蘭河傳》。在香港這幾年的創作，是蕭
紅筆耕生涯中豐美的收穫期，足令她有涯的 31 歲生命，
藉著文章傳世，而延續至無涯。雖然蕭紅在香港的生活
不免困頓，但不能否認的是，這島國的溫柔輕旎，著實
地安撫了她難以平整的心靈。命運是何等的乖舛？蕭紅
在種種與人相交的挫敗中失望嘆喟，顧影自憐，累至百
病纏身。可是，誰人能憐惜這一個命途坎坷，才情奇高
的女作家，為她灑一掬同情之淚？尤其在那個人人自危
的亂世。蕭紅寂寞的心聲，恐怕只能託付給那一樹樹的
山花，一叢叢的碧草了。如今身處南中國海的藍天碧水
中，與夢魂中繁華的上海關山遠隔，歸期渺渺，生無可
戀。纏綣病榻中的蕭紅，只能用抖顫的手在紙上寫到：
「我將與藍天碧水永處，留下那半部紅樓給別人寫了。」
而後撒手塵寰。憑她如何不甘，一代天才奇女子的身
後，還是被香港的山明水秀接納了。事隔如今，已是半
個世紀前的往事了。

　　蕭紅離世時是隆冬的一月，正是香港最苦寒的時
候，離溫暖的春天只有兩個月之遙。可憐的蕭紅，若她
能忍耐一下，挨過那個寒冷的冬天，等來滿山滿嶺的杜
鵑盛放，一任那些濃艷嬌美的花朵為她枯槁的身心添
色。或者，她會再睜眼看看這繁盛的都市，感動於這滿
眼的絢麗，支持著完成她的下半部《紅樓》？只是，一
切的假設也都是徒然。屬於蕭紅的那一串花顏來不及綻
放，已經萎靡。然而，另外一位同樣來自上海的奇情才

女——貴族化的張愛玲，披著她那一襲既華美又荒涼的
前清袍子，緩緩地走上了這個花事爛漫的山坡，展開她
悲涼人生中快樂的一章。在往後淒苦的歲月中，張愛玲
一定是十分珍視這一段在香港消磨的青蔥時光。畢竟青
春只得一次，美好如初綻的杜鵑，也只是短暫的光華，
初開時不曾著意，凋零卻也太快太速了。怎不叫人低迴
悵惘——這甜蜜的青春？

於是，我們有了張愛玲的《沉香屑·第一爐香、
第二爐香》，有了《傾城之戀》，認識了葛微龍和白流
蘇，這是屬於香港的故事，蒼涼而美麗。感謝張愛玲的
饋贈，讓我們這些營役於都市生活的小市民，在日日經
過的路途中有了如泣似訴的愛情悲歌，可供憑弔，可供
沉吟。

淺水灣、香港大學、高街、中環戲院⋯⋯這些令張
愛玲她們沉醉的地方，是我們熟悉的生活場景。也有詩
情，也有畫意，也有段段歷史佳話供人玩味。

公共汽車載滿了上班的人，緩緩地下山去了。一如
時間的長河，從來不曾為誰停下。一代奇女子也好，才
女也好，都要遠走。有幸的，遺下雪泥鴻爪，供人膜拜；
不幸的，便沈默在天地間，果真與藍天碧水永處了。而
平凡如我者，只能隨著上班的人潮下車，鑽進更擁擠的
地鐵裡，展開自己或有幸，或不幸的人生了。

博物館速寫

喜歡參觀博物館，就把印象深刻的記下來吧。

奢華世代——從亞述到亞歷山大（2018年5月19日）

喜見這一樹鳳凰木盛放在晴空之下，走進大英博物館的 210 件展品中，認識公元前 900 至前 300 年代的「奢華世代」！無論何時何地，奢侈品都是上流社會追逐的焦點，大富人家通過異國的香味，美妙的聲音，華麗的花園和精緻的食物來愉悅感官，這些華美的奢侈品彰顯了他們的社會地位，也奠定了希臘至印度藝術文化的基礎。當我們近距離接觸文物，似乎可以嗅到遠古的氣息，感受到古人投入生活的熱忱。2500 年過去了，熱情地活在當下，用心地經營生活，應該是亙古不變的樂趣！

綿亙萬里——世界遺產，絲綢之路（2018年3月4日）

趕在展覽前最後一天參觀，三個國家的珍寶文物，印證了絲路的綿亙悠遠，萬里征途。無論時空如何久遠，人類的文明始終點綴著人生的情趣。那麼多的能工

巧匠，以纖手妙製，雕琢、編織、繪畫、打造、彈奏，
為歷史留下一個又一個記號，為文化譜上一道又一道光
環，為藝術描畫一筆又一筆繪彩。綿長的驛道上，明月
照著城墻，胡客東來，伴著駝鳴馬嘶，滿載著中西風物，
仰望眾神共生，傾聽胡風漢韻，共享亞歐文明。絲綢之
路的前世今生，始終輝煌！

清華學人手札展——城市大學展覽館（2017 年 10 月 8 日）

參觀清華學人手札展，彷彿走進民國，一個個熠
熠生輝的名字，在信箋中成了真實的形象，陳寅恪悼王
國維的輓聯，林徽因寫給女兒的家書，梁思成致聶榮臻
的北京城建築建議……家事國事天下事，全在筆下活
現，置身於此刻的城大展覽館，沉醉在那個動人的年代
中……

國家寶藏——遼寧博物館（2018 年 8 月 8 日）

走進遼博，北土方國，殷商銅鼎，燕地胡騎，秦王
觀海，曹魏碣石，安史始肇，大金昌盛，盛京不再……
劉墉夢筆，詩詞入畫，品味人生，閒情寄趣……親睹國
家寶藏：鎏金木芯馬鐙……不虛此行，全在心間！

百物看世界——大英博物館藏品展（2019 年 6 月 8 日）

物件，聯繫著生活。人類的故事，是真切的生存，
也是美好的追求。我們既營役奔波，也索古尋源，希望

臻至真善美。走進兩萬五千年的時空，驚嘆人類文明的演變，每一件珍品都在訴說：珍視歷史，活在當下，寄望未來！

私人收藏——伊莎貝拉博物館（2019 年 8 月 3 日）

這是是波士頓的一個私人博物館，由女收藏家伊莎貝拉捐贈。館內收藏品達二千多件，羅馬庭院是這棟四層建築的心臟，走進院內，這光線，這長廊，藝術的氣息撲面而來。女主人在經歷喪子之痛後，以旅遊治癒抑鬱，足跡遍及歐洲、中東、亞洲，她收集各種珍寶，然後，在 58 歲時丈夫去世後，著手建立藝術博物館，至今已一百多年過去了。她把珍品公諸同好，以居所作為宿舍招待藝術學生，並展示大量珍貴的名畫、手稿、家具，甚至有一塊來自中國人董金光供養的佛陀石雕……這位嚴謹的女收藏家，以畢生精力守護這些藝術品，更立下遺囑：令這所博物館作為永遠教育、欣賞和享受的地方！是的，花園小徑上有很多學生在自由寫生，館內遊客拿著指南在認真欣賞每一件藏品，庭園中人享受著悠閒的時光……女主人的心意如夕陽，柔柔灑向每一個角落。又是一個有愛的故事！又是一個美好的下午！

遊山玩水一樂也

波士頓

　　一個城市的底蘊，建築在文化、經濟、宗教三大支柱之上。兩百多年前，波士頓市中心的建城設計，已經體現了這種三足鼎立的構思。時至今日，波市是唯一入圍世界十大宜居城市的美國城市，走進恍如歷史文物的公共圖書館，其文化氣場是令人屏息的！自信，來自歷史的厚重，文化的包容，經濟的寬裕，修繕中的三合一教堂表現著文明的從容大度！

赤坎古鎮

　　假期第四日，赤坎古鎮走一趟。適逢關氏圖書館周一閉館，一代宗師影視城裝修……烈日下走進隱沒堂茶館，巧遇館主，在這關氏古宅裡，來一場民國深度遊，談談杜月笙和孟小冬的野史，黃金榮的善終，時光靜靜地流淌……每一物件都是一個故事，每處擺設都是心思，沒有刻意的介紹，只待有心人去感受，去體悟！歲月從來無聲，歷史卻留下了刻度。

亞特蘭大

　　亞特蘭大，美國南部最大的城市，一早參觀《亂世佳人》原著作家 Margaret Mitchell 的故居，鬧市中

幽靜的居所，隱隱散發著一種靈巧毓秀的氣質，電影與小說互相輝映。偶遇公園市集，聽著現場音樂，坐在草地上享受農產品午餐，悠閒寫意。飯後到植物公園看蓮花，艷陽下光彩奪目。最精彩的是逛 High Museum，看到畫家 Andy Warhol 的作品，18 幅毛澤東畫像、瑪麗蓮夢露、金保湯、藍貓等，一一目睹這些真跡之後，再踏進光潔明亮的旋轉樓梯，靚麗的陽光灑進展館，豁然開朗得令小女兒也忍不住愉悅地奔跑起來……歷史、生活、自然、藝術全融在這一天的行程中，完美！

黃石公園

　　黃石公園，美國地質的心臟，世界第一個國家公園，駕車三天都遊不完。我們在老忠厚泉親睹每天定時噴發的火山泉水，欣賞在各種火山灰和古微生物作用下形成的五彩棱鏡噴泉，聆聽地熱噴泉的洶湧之聲，嗅著陣陣琉璜之味。再一次，感受大黃石公園的氣勢。第二天，觀賞屬於男性豪邁雄壯的黃石瀑布，奔湧澎湃，氣吞山河；有一如女子般溫柔綺麗的西姆指湖，煙波飄渺，波上寒煙翠，瀲灩水色看不盡。還有連綿的大提頓山脈，在天際展開壯闊的畫卷……看不盡的人間美景，賞不完的覽物之情，都是源於自然澎湃的動感！

Newport

　　Newport 是美東夏天度假勝地，遊覽大富豪們在
這裡建造的海邊古堡大宅，感受鍍金時代的奢華生活：
每位貴婦每天起碼換五套衣服，一間大宅由 40 位傭人
負責，每年只在這裡度過六至八周，連每扇窗何時打開
通風都有規定時間。傭人以收拾好大宅為自豪，夫人每
天調度馬車，安排每個崗位的工作人員，就像軍隊一樣
營運一間大宅，男主人終其一生只在此過了一個月！度
假，不盡然是享受，豪門生活都是時間的奴隸，追逐每
一個社交約會⋯⋯可有空閒聽風觀浪？在大洋之巔聳立
的中式茶亭建於 1914 年，遠東的茶葉、絲綢、陶瓷，
甚至建築迷倒了鐵路大王的主人，要把這份對東方的
嚮往刻印在這幢送給夫人作生日禮物的 Marble House
上⋯⋯有錢，是任性還是浪漫？成功，只是因為運氣？

柳川

　　柳川，三國時代的古鎮，是日本詩人北原白秋的故
鄉，「此水之構圖，此之地相，始生我體，成我之風。」
泛舟古運河之上，蟬鳴縈耳，波光瀲灩，船家蕩一槁綠
水，放聲長歌，盈盈綠意在夏日艷陽下分外明媚，仿如
回到了童年的純美。

韻

個性追求似御風

　　　穿梭影劇夢魂中

性靈抒發展新意

　　　莫問西東與事功

劇韻

麗江玉龍雪山

《白鹿原》話劇版觀後感

　　是巧合，還是天意，每一年都會和大女兒去看一齣很有感觸的戲。繼《聶隱娘》、《北京法源寺》之後，前天又看了陝西話劇團的《白鹿原》，這次是專程渡海，過江到澳門藝術中心看的。

　　這並不是一部討好的戲，灰沉沉的色調，陝西方言的演繹，50 萬字的鴻篇巨製，要在三小時內呈現在舞台上，實在是驚人的舉措！我好奇於情節的剪裁，角色的取捨，劇本與原著的異同，於是，遠渡而來，看一場心知不是自己那杯茶的話劇。

　　這本小說，從 1993 年面世以來，毀譽參半，是作者陳忠實的墊棺作枕之作。歷時四年，他獨居於陝西鄉村，叫妻子揹下兩麻袋乾麵，背起上山，便苦心孤詣地埋首寫作，以生命寫就這一本巨著。1997 年此書獲「矛盾文學獎」，此後，也以一書走天涯之勢，獨步於中國作家之林。

　　如果說，1992 年張藝謀改編莫言的《紅高粱》驚艷了國人的眼睛，同樣行走於陝西大漠的陳忠實，也是魔幻現實主義的同道者。年少的我，曾經慕名捧起過《白鹿原》、《廢都》、《綠化樹》、《大紅燈籠高高掛》……但是，很快也放下了，赤裸裸的農民生活、粗

獷野性的泥土味，不是年輕的閱歷可以消化的。

　　話劇版的《白鹿原》，化繁為簡，開幕便以白嘉軒買了陸子霖的福地為始，一下削掉了原著白嘉軒娶七任太太的魔幻傳奇情節。於是，故事直接由第二代開展。整個剪接基本還原小說的脈絡，這已經是很難得的功力了。需知道，50萬字的原著改編，可以被作者所認同，是難能可貴的。對比於電影版的剪裁，以田小娥作為中心人物展開，被人詬病，這部話劇，也屬忠於原著的力作。

　　這是一部奇書，是《金瓶梅》的農村版，又是《官場現形記》的鄉下版。越看，越多角度，越豐富。當你拋開那些大膽露骨的色慾描寫，深入到波瀾壯闊的歷史變遷時代，在清末民初的中華大地之上，那廣袤無垠的黃土高原上，真實地生存著這麼一群人，他們有自己的活法，有自己的天地。如果以二元對立來說，他們是地主、官紳、鄉黨的一派，和長工、農夫、村民的另一派。在模糊的政治亂局中，國共兩黨的氣焰此起彼落，中間還有一支土匪。在鄉約已毀的亂世中，村民們方寸頓失，一時投共，一時抗匪，所以，白鹿兩家的子弟各有所奔。白孝文因鹿子霖的內疚推荐，做了國民黨的營長；鹿兆鵬因不滿故鄉的封建，早年出走，後來做了共產黨的地委書記，鹿兆海打死了43個日本倭寇……這些人，都因時勢或個人性情作出了不同的選擇，也走上了不同的命途。而唯有黑娃，這個長工的兒子，共產黨、國民

黨、土匪都當過，最後卻以儒學為理想的依歸，這是一個很值得探討的人物！

　　在舊秩序被破壞之後，產生了各種可能性，如果像黑娃這樣的農民，在經歷過外面的各種革命之後，都回歸到代表傳統文化的儒學思想，在經過頓悟之後，發現之前所草率破壞的，要棄之如糟粕的規範禮儀，才是立身處世的要義，這種省悟，是真切而痛心的。而這一個主題，如果編導不能把握的話，是一個重大的缺失！那麼多悲劇發生了，那麼多人物枉死了，血白流了，淚也乾了……

　　黑娃之餘，全劇還應該有一個靈魂人物：朱先生。這個私塾老師，在愚昧的鄉村，是先知一樣的存在。他理性、睿智，以洞悉一切的目光，超然於荒蠻原野之上。他為白鹿兩家的子弟立忠義家規，為族長白嘉軒指點迷津，為黑娃教授儒學，更在七十高齡之時，為抗日英雄鹿兆海設公祭，之後決意效法子侄，手刃倭寇……這是大智大勇之人，是鄉村中的精神領袖！可惜，話劇限於篇幅，未能展開此人物的論述。我以為，朱先生的原型，有宋明理學大家朱熹的隱喻，更有陳忠實先生父親的影子。陳父本來就是鄉村中的會計，會得舞文弄墨，致使兒子陳忠實對文字天生敏感，讀初二時就被趙樹理的文章《田寡婦看瓜》吸引，以為自己生活的農村場景也可以化身為小說，從此，投入到文字創作中來。

　　陳忠實先生以一書走天涯，窮盡一生之力寫下巨著。2016 年，陳先生逝世，《白鹿原》再次走進大眾的視野，各種改編紛呈沓來。最近長篇電視劇又引起熱議，首映大典上，飾演仙草的秦海璐聲淚俱下地朗誦《致陳忠實的信》，感動了台上台下，可見製作之艱難，追逐原著之可貴。

　　無論如何，此長篇小說問世以來改編不斷。作家曾為此傾注一生，各種製作，努力不懈，堅守信念，最終成就出自己的扛鼎之作！

快樂大本營

　　高溫的三月，周五皆疲憊，與小清來個藝術之周末。以為是感受「快樂大本營」的輕鬆，卻原來是一齣沉重傷痛的戲劇。

　　一群社會邊緣者，以夢囈般的語言，游離的精神，零碎的思緒，歇斯底里的行動，呈現了一個詭異的舞台。沒有主角，沒有情節，只有獨白者，宣示著一則又一則對人生的見解：「你感到害怕了，因為你熟悉的秩序被破壞了，這是一個你陌生的世界。」導演認為，快樂並非結果、事實、物件或起點。快樂孕育時空，開解它，創造虛空。想保存快樂，你要的是契約，不是瓶子：你要宣佈，快樂是你的人生路。道理太深，一時之間，我未能消化，離開劇場，是一陣的迷惘思緒。回家再細閱場刊介紹，才發現，這個劇團背後的故事，是真實動人，值得推崇。

　　原來，劇團的緣起是導演德爾邦諾和精神病患者波波的友誼。波波在精神病院住了 44 年，1995 年加入劇團，參演了 12 部劇作，他們組織了各種游離者的「社會劇場」。導演如此解釋：「我們的目的從來不是去治癒或者讚頌他們，我們一向保持一種開放、自信的工作關係，將獨特的真相帶上舞台，不斷為他人探索及演繹

生活中的故事。在劇場裡，我們仔細地聆聽、觀看和感受，這種精準在一般表演中並不常見。」

是的，當形態怪異的演員走下舞台，獨白者在空置的觀眾席坐下，我感到驚悚，一種觀劇從未有過的真實感洶湧而至。我們抗拒接受殘酷的事實，我們總把別人的不幸抽離。然而這場話劇告訴我們，以開放的態度，和弱勢者建立互信的工作關係，應該是化解矛盾的最佳的方法。為了達至這個理想，導演身體力行，帶領著這個不一樣的劇團，延續了 22 年的表演，需要多少的才華和大愛？

當飾演波波的唐氏綜合症患者，捧著蛋糕坐在花團錦簇的長椅上，至少那一刻，應該是一個快樂的場景。

觀劇最大的領悟便是，推己及人，這不是一個觀念，是一種行動！

觀舞台劇偶感

《聊齋》

　　林奕華的特色，是跳躍的敍事風格，精深的台詞，充滿隱喻的場景，觀劇的樂趣不在於輕鬆享受，而是在於認真思索。當最後一塊拼圖砌上，故事呈現完美結構，你不由得嘆一聲：哦！戲已落幕，人生最大的命題是：時間！在對的時間裡，遇上對的人，我在，你也在，慶幸你單身，我們回家吧！

《紅樓夢》

　　濃濃的幸福感源於一場豐富深刻的舞台劇。林奕華以獨特的剪裁為我們呈現了不一樣的現代版紅樓夢。17幕場景，幕幕是感悟和觸動，集各種創作元素於一台，句句雋語直指人心！因著這些精湛深情的文化藝術，香港，更值得愛了

《機場無真愛》

　　一個容易被忽略的劇名，一個不容被忽視的導演，只要是林奕華，便有感悟觸動！

　　一個關於拒絕成長的命題，一群背負感情重壓的人，在無以名狀的壯遊中，我們，是否有勇氣，像彼得潘一樣，將冒險當作歷程，遨遊於悲天憫人的天際？

《牡丹亭》

　　昆曲，是立體的文學；中樂，是聽覺的盛宴；當文字遇上音樂，是一場閱讀以外的邂逅。當柳夢梅遇上杜麗娘，是春情難遣心似繾；當唐明皇遇上楊貴妃，是哭不盡的衷情此恨綿綿……期末夜雨聽戲，天意人為兩全！

《父女》

　　昨夜，與小清妹妹相聚，坐覽維港夜景，捲一份巴拿馬火腿蜜瓜，切一塊鮮嫩羊架，微涼的秋風吹過，小妮子的甘南尋幽之旅尚在耳邊，須臾已達樓下的劇院。

　　一幕而下，90分鐘，毛俊輝教授演活了患有認知障礙症的父親，那種重複閃回的場景，以電影的剪接手法締造了迷失徬徨的夢境，我們幾乎無法捕捉這位失憶老人的思緒，只能深深感受到那種零散和惶恐……是的，年華終將逝去，生命終會凋零，在那一天到來之前，啖一口法式心靈雞湯，在苦澀的咖啡裡加兩粒糖，為父女情的永恆糾結呷下一杯既甘且甜的紅酒。

《卡門》

　　優美的旋律，激昂樂曲，奏出了解放和自由的基調。這是一段你死我活的愛情，圍繞一個不受拘束的女子，洋溢著西班牙的激情，和法國人的詩意……就讓這套著名的歌劇，撫慰疲憊的周三，感恩身旁的女友，從紐約至香港，我們始終結伴看戲去！

《獨腳戲》

　　1969 年獲諾貝爾文學獎的愛爾蘭作家貝克特，寫
就著名的三步曲：《非我》、《落腳聲》、《搖籃曲》，
由女演員莉沙進行獨腳演出。短短一小時，在舞台上短
得如白駒過隙，但觀眾卻在這瞬間中去了一趟由生而死
的時空旅行。此劇深刻立體地演繹了貝克特筆下女性的
原始傷痛。看畢，感受至深！

影 韻

麗江藍月谷

刺客戒殺，隱者回歸

——《刺客聶隱娘》觀後感

　　黑白的畫面，行雲流水般在眼底滑過，猶如一幅壯麗的水墨國畫在暗夜中展開，一身黑衣的窈窕女子如夜貓在飛檐走壁，文言文的對白在大堂中響起，剎那間，人仿彿置身在唐朝烽煙之中，不知今夕何年。

　　這一切時空的錯覺，不知是否在侯導的計算之內，但肯定的，是他所精心營造的唐代氛圍。一個侯孝賢導演喜歡了 30 年的故事，由朱天心、謝海盟母女延寫了 30 年的武俠小說劇本，一個等待了三年的女主角，是侯導十年磨一劍的力作啊！是對唐代傳奇小說的鍾愛，對武俠世界的偏執，對人性的深刻理解和同情，更是對電影拍攝技藝的極致追求，侯孝賢、舒琪等聯手為我們呈現了一齣人生的大戲。

　　你看到了什麼？沒有血腥的武打？只有九句對白的女主角？華美的唐朝服飾？精巧的道具？還是雲霧飄渺的山巒、密林、廣漠、木廊、道觀⋯⋯

　　這是中央與藩鎮的拉鋸，是一個人沒有同類的悲鳴，是出世或入世的抉擇；是劍道或人倫的取捨；是遵師命或循人性的徘徊；是復仇或寬恕的掙扎，更是回歸自由的最強呼喚！

　　我看到了生存的無奈，五個不能自決的女子。被逼和藩，遠嫁彭博的唐朝公主在鬱悶中死去；公主的妹妹則遁入空門而成為刺客的師傅；為政治而嫁給藩主的刺客精精兒，終日為防範丈夫而殺戮；因深得藩主寵愛而命懸一線的瑚姬。當然還有女主角聶隱娘，因政治聯姻而被退婚，被公主道姑訓練成冷漠的刺客，13 年後歸家的任務，竟然是殺害青梅竹馬的表哥……不能自主的無奈太多了，這是作為女子的悲哀？還是生而為人的必然？每一個人都被逼陷於「青鸞無鏡」的困局中，導演要我們跨越時空，去思索人生困頓這個永恒的課題！

　　我看到了情的可貴，師徒的、父女的、情人的……命運多厄的唐朝公主，在青燈古刹中訓練女徒弟，託付復仇的大計，刀光劍光影下，處處是道姑難以言傳的國仇家恨。豈料，劍道已成的徒弟聶隱娘卻難捨人倫，對抱子入懷的目標下不了手，師徒從此生出嫌隙。演至最終，徒兒為阻止藩鎮叛亂的又一場血雨腥風，選擇違背師命，放下手中刺劍，放過藩鎮主表哥。師徒二人訣別於仙山霧靄中，去意已決的徒弟向尊師深深地三跪，一謝師恩，二表遺憾，三道別意。從此別後，煙波渺渺，應是相見無期。師徒一場，就如這飄蕩無踪的浮雲，盡在虛無中。師父豈無情？尊重徒弟的意願吧，她該有自己的人生。既然她放棄了殺戮，就還她一片寧靜的江湖吧。師傅無言，獨立在蒼莽之中，隱娘轉身離去，只餘下空寂的山嵐……

　　我看到了自由的價值，隱娘的命運無疑是不能自主的，自小訂親，被逼退婚，被送入觀，學習劍術，受命殺人，全部都是身不由己的無奈。然而，恍如傀儡的訓練並未磨損她自由的意志，遇到該殺的她劍起頭落，遇到可憐的她放下長劍。縱使是負了她的舊愛，她也能斬斷情思，權衡利害後放他一馬，在激戰中不忘告知他瑚姬有喜之事。行乎當行，止乎當止，刺客全憑心中意願行事，半點不盲目。遇見充滿陽光的磨鏡少年，隱娘心中的陰霾逐漸散去，告別刺客生涯已是必然之選。有什麼比單純的愛戀更值得追尋？江湖的恩怨永無止息，那一片祥和寧靜的青草地才是心中的樂土吧？於是，隱娘在告別師父後，頭也不回地奔向了那一片希望的所在地。是一種回歸自然的懷抱，更是一種擁抱自由的勇氣。

　　也許，我也看到了隱隱約約的禪意，進退之間，有無之間，得失之間，全在於一念。在執著與捨棄的膠著中，每個人都是時代的犧牲品，然而每個人也可以是自己的主人。現實無疑是殘酷的，心態卻可以是自主的，沒有所謂的成敗，也沒有所謂的敵我，也就沒有所謂的恩怨了，一如隱娘告別質樸的村民，和磨鏡少年漸漸隱身於金黃色的草原中，斬斷所有的愛恨情愁，回歸初心。

　　這無疑是一部武俠電影，比李安的《臥虎藏龍》少了一分兒女情痴，多了一分超脫冷峻；比王家衛的《一

代宗師》少了雋語金句，多了餘音留白；比張藝謀的濃
豔來得淡雅；比李翰祥的世故來得瀟灑；比胡金銓的爽
直來得含蓄。這是導演對武俠電影的致敬，對傳奇文學
的尊崇，對攝影技術的回饋，對自由的膜拜，更是對人
性回歸的拷問！

　　刺客可以戒殺，隱者也可以入世，一部電影表述如
此，又豈是一句「最不取悅世界的導演」可以道盡？

我的嗝嗝老師

　　在家長會前一日，看了這齣令我數度淚目的電影。進場之前，對「妥瑞症」沒有任何概念，對勵志校園片沒有任何期待，對印度搞笑片沒有任何幻想。然而，走出影院的一刻，執教廿年的我，竟然感動了……

　　是前任校長對一個屢發怪聲的學生仁厚的接納，讓她站在台上介紹「妥瑞症」，並問她：「你想我們怎樣對你？」她說：「只要當我是一個普通學生。」是一個一出生就結巴的語言障礙者對執教鞭的追求，18 次被拒之後，被母校招聘，任教放牛班的堅持；是經過無數次摧毀之後，仍然堅守在講台上的韌性；是她教學生，把恐懼寫在紙上，摺成飛機，登上樓頂扔出去，讓害怕遠飛；是她把學生戲弄她的惡作劇，視為卓有遠見的組織能力，不可估量的智慧；是她把學生的街頭賭博引導成高等函數，秋葵加水變成化學實驗，汽車修理變成物理加速，把籃球架變成丈量尺，把操場化作寫公式的黑板……

　　是的，她是良師，然而，她更是益友。理解他們，尊重他們，將他們的缺點化作動力，告訴他們：即使不公平，除了抱怨，我們可以做更多。

　　你、我、他，都做過學生，遇到過老師。如果，在

十幾年的成長中，有那麼一位，可以成為人生的啟迪，何其慶幸，何其珍貴。

於是，十幾個因破壞學校領獎作品而被停學的學生，來到了奈娜老師的面前，向她致歉，請她繼續，當他們的老師。

於是，一直以來悔疚憤怒的父親接納了這位語言不正常而智力過人的女兒，長期的被歧視竟然成為她自信的底蘊。

衝出了校園，她把天地變成課室，漁船、巴士、天台、堤岸……只要有心，哪裡都是教材，什麼也是課本，教育，不是只在學校中發生。

喜劇的結局，當然是這群青年人的最後勝利。你以為，這只是勵志片的浪漫情懷。

然後，片尾緩緩導入：25 年後，奈娜老師已經變成奈娜校長，慢慢步出她為之付出青春的校園……然而，這竟然是美國的真人真事，改編來自自傳體小說《叫我第一名》！

作為老師，我再一次落淚……

是的，教育之路，崎嶇難行，漫漫征途，不知是你感動了他，還是他感動了你，最好是，彼此互相感動，讓愛的足跡，映照苦難的人生。

黑白情緣

　　歧視，無所不在；偏見，靠理解消除。而這一部電影以種族歧視為經，以體諒尊重為緯，構建出一段黑白友人的深刻情誼。他們，一個是優雅高貴的黑人鋼琴天才雪萊，一個是粗鄙低俗的白人垃圾車司機，這樣兩個對比強烈的人物，在八个星期的巡迴演出中，由誤會不滿到惺惺相識，由冷漠的賓主變成親密的摯友，一路上有笑有淚，更多的是沉重的反思。

　　人生而不平等，在 60 年代的美國，種族歧視仍然很嚴重，黑人出外旅遊，要靠一本綠皮書作指引。即使是出色如鋼琴家雪萊，一路南下巡迴演出，也要忍受諸多的難堪。無論他在台上如何被稱譽，台下的他，仍然不能去白人的酒吧，上白人的洗手間，試穿白人的西服……這種種的不公，看在白人司機東尼眼中，以前認為理所當然的歧視，現在逐漸被反思，他開始修正自己的偏見，他同情這位孤獨的音樂家，關心他，維護他，為他擋雨，為他打架，為他襲警……

　　一個是左右難為的黑人精英，一個是拮据潦倒的白種閒人，生活的無奈沒有饒過了誰，兩人的友情在理解中建立。雪萊教東尼寫情書給妻子，東尼從未如此浪漫；東尼請雪萊吃人生第一塊炸雞，雪萊從未如此朗笑。雪

萊受虐時東尼出手相救，東尼累極，雪萊親自駕車送他
回家，趕及平安夜的團聚。

　　曾經深惡痛絕黑人的東尼，最後與雪萊相擁抱，成
就了一段感人的黑白友誼。兩人終其一生引為摯友，連
去世的時間也在同一年。

　　歧視的消除，靠的是理解和尊重，而唯有透過深入
的交往，才能真正了解彼此。放下成見，殊不容易，世
間萬難，易地而處，總能感受真情，收穫友誼。

　　誠如林清玄所言：「心美一切皆美，情深萬象皆
深」。

東野圭吾的溫情與巧思

《假面酒店》

　　為了東野圭吾而入場，這是他創作懸疑小說廿五周年的紀念；為木村拓哉和松隆子而入場，是對於日劇美好的回憶。甫開影，卻被長澤正美飾演的酒店前台山岸尚美所吸引，她將日本服務業的精髓演繹到極致，以客為先的專業態度令人忍不住感嘆：酒店職人，辛苦了！

　　木村雖中年卻不油膩，飾演一個長期眼超超的警長，習慣對所有人懷疑。遇到信任所有客人的山岸，自然引發各種的矛盾與衝突。慶幸兩人沒有明顯的愛情線，觀眾可以集中精神跟蹤三起連環兇殺案……

　　作者是何等高明，在大結局前，你會覺得酒店來來往往的各式人等，都帶著一張面具，掩飾了真實的自己，誰都有嫌疑。當真相終於大白，兇手道出了苦衷，原來，又是一段得不到的愛情！東野的懸疑小說之所以迷人，在於背後溫煦的人性。那些並不純粹破案的偵探故事裡，埋藏的都是柔軟的心靈。

　　生活充斥著煩惱，職場往往不易，想逃避日常的艱辛，躲進舒適空間尋一刻的放鬆，於是，擺脫真實的身份，戴上假面具，走進化妝酒店。這就是假面酒店的存

在意義。作為前台服務員，山岸深諳此理，也不刻意地揭穿，一切，都是在扮演，在慰藉……

　　有的人，被安撫了；有的人，被欺騙了；有的人，被改變了；有的人，包括我，被感動了……

《解憂雜貨店》

　　一部充滿溫情的勵志推理片！作家東野圭吾是說故事的高手，導演又是編劇情的能人。那些人，那些事，那 32 年前後的時空，看似獨立又緊密相連，所有的偶遇都是宿命，每一個難以言喻的煩惱都經浪矢雜貨店的門縫投遞，由老板回信，翌日在牛奶箱中取回。於是，老板鼓勵年輕的音樂家追求理想，拯救絕望的單親媽媽，指點迷途的汪汪，守護丸田孤兒院的一眾小朋友……而故事最後，老板自己，則在最愛的曉子面前，捧著厚厚的一疊感謝函，緩緩步出解憂雜貨店……又是一部女兒喜愛，學生推薦的好電影，年輕人讀溫馨的書，看感動的戲，溫暖了這個微涼的秋日！

好好的活下去

——電視劇《知否知否應是綠肥紅瘦》觀後感

　　電視版的《知否知否應是綠肥紅瘦》在本周大結局了。是怎樣的小說，才配得上李清照這首《如夢令》的意境？是怎樣的宅鬥劇才會吸引「正午陽光」去傾力打造？因為篇名，追看這部長達 78 集的電視連續劇。追罷，是一種久違的感觸，有一句話始終縈迴在心：好好的，活下去。

　　這句話，是在女主角盛明蘭六歲與母親死別時，作為小妾的衛小娘告誡女兒的遺言；是明蘭以庶女身份入主於偌大的侯府的處世哲學；是愛惜明蘭的祖母在她出嫁時含淚的祝福；是明蘭歷劫重生後對夫君顧廷燁的肺腑之言。

　　為了好好的活著，《知否知否》告訴我們，要用文學裝點平淡的生活。隨著這一幅從江南閨閣到侯門大戶的古代生活畫卷徐徐展開，濃濃的宋詞味道撲面而來。電視一開首，一列列的大道街巷，敲著梆子的報更人穿過勾欄瓦舍，各種的市井風情無一不是再現了北宋的繁華盛世。元宵燈會搶縣主一幕，有「東風夜放花千樹」的璀璨；明蘭家中的亭臺樓閣，隨時可見「捲簾人」的情影。李清照的「三杯兩盞淡酒」，是明蘭的心頭好，即使是出嫁前一刻，也要喝上一口冷酒，以定心神，以

微醺替代腮紅。更莫說那北宋京城頂級酒館樊樓的美酒佳肴，往來的文人騷客，美人雲集，全是柳永筆下「今宵酒醒何處，楊柳岸，曉風殘月」的畫面。作者「關心則亂」是一名 80 後的女寫手，以嫻熟的筆觸描繪出宋代生活的圖景，字句之間盡顯古風，徜徉其中，難免感慨：有文學點綴的生活，真是如詩如畫。

　　為了好好地活著，《知否》告訴我們，衣食住行都要極盡精緻之能事。宋代並非只是教科書上的強幹弱枝的概念，宋人衣飾考究，按禮節身份各具特色，平日喜以花卉裝扮。盛家四位姑娘的名字中均帶有「蘭」字，寓意蕙質蘭心。她們向宮裡的孔嬤嬤學習插花，日常的繡品多以花卉為圖案，錦衣玉食自不在話下。至於住，一幅《清明上河圖》已盡顯出北宋末年東京府御街的繁華，到了具體電視劇的大宅中，我們見到盛府這個五品官員之家是如何精美地度日。作為一家之主的盛老太太房中，自然是日夜焚香，使女如雲，簡約明亮的家俬，放在現代也是時尚之風。宋人嗜吃，蘇東坡，黃山谷都是著名的美食家，而劇中的盛明蘭也是一名「老饕」，母親難產時，她餵吃包子以作鼓勵；與祖母的溫馨時光，都在無數的吃食中度過；生病時，賀公子從老家釣來鮮魚，為她熬製魚湯；定情時，小公爺冒險為她帶來熱酥餅；新婚之夜，官人為她到樊樓外買點心，直至大結局都是在一場由祖母親手烹煮的家筵中結束。末了，明蘭拖著夫君說：「走，吃飯去。」可見，這過日子啊，吃，還是最重要的。至於行，宋人娛樂活動豐富多彩，聽書

說戲，雜耍遊戲精彩紛呈。小小明蘭，一出場已經在姐姐的婚宴中以投壺勝出未來的夫君；及至少年，騎馬郊遊是同伴之間的活動；長至青年，馬球、賞花、品茗、雅集便成為日常社交。宋人吃喝玩樂均因時制宜，把日子過到極致。現在備受推崇的日式精美的生活藝術，簡約素淡的風格，其實，在宋朝早已流行。

為了好好地活著，《知否》告訴我們一個道理，那就是讀書。小小明蘭酷愛讀書，從小就和哥哥姐姐們一起上學，在莊學究所提出的「賢長立嗣」論中發表出精闢的個人見地，得到小公爺元若的青睞，是為情竇初開的一幕。讀書最大的效用在於令人自信沉穩，小明蘭的母親被害難產而逝，她自從跟著祖母在盛府中隱忍度日，一直低調地掩飾自己的聰明，盡得祖母大智若愚的真傳。她在書本裡深諳處世的哲學，善於在紛亂的局勢中找出頭緒，少女時代已在宥陽老家為堂姐出謀劃策，取得關鍵的妓女賣身契，逼使渣男堂姐夫和離，拯救了堂姐的下半生。及至遇匪被顧廷燁相救，她勸這個離家逆子讓女兒上學，令浪蕩江湖的兩父女重回正途。明蘭也熟讀兵書，以兵法治家，在關鍵時刻甚至以古人經驗教皇后散髮素顏道歉，以取得忠臣的原諒，扭轉了時局的困窘。讀書令明蘭看清形勢，果敢地與心愛的小公爺決斷，選擇有能力愛自己的顧侯為夫婿。在愛與被愛中理智地判斷，走出意亂情迷的雲霧，為自己的婚姻大事謀求最大的安全感。書本，培養了為人處世的底氣，是自信的源泉，讓明蘭安然度過坎坷的童年，從容面對一

切磨難，走進美滿的婚姻，展開壯闊的人生，最終成為了幸福典範的誥命夫人，她的成功經歷告知我們：讀書，是好好活下去的方法。

為了好好地活著，《知否》告訴我們，人要獨立自強，向前看。明蘭的故事，本身就是一部古代女性勵志史。她兒時不幸喪母，從小握著母親遺物《李娘子鎮守邊關圖》，在大宅中規行矩步地生存，由寵愛她的祖母彌補了所有的親情。祖母是睿智的代表，慈愛的化身，她的存在，是全劇最大的亮點。她深情告誡孫女，與人相守，要看品性的最低處那兒，能不能忍下去。她要明兒硬氣些：「這天下，沒有誰是誰的靠山，最好不要太指望人，指望越多，難免會有些失望，失望越多，就生怨懟，怨懟一生，仇恨就起，這日子就難過了」。這樣的人生哲理，充分體現了「父母之愛子，則為之計深遠」的一片苦心。及至明蘭對最心腹的侍女丹橘訴說拒絕小公爺求婚的心情：「眼睛是長在前面的，本就應該向前看的，來這世上一遭，本就是要好好過日子的。」人啊！何苦要自己難為自己呢？選一條合適的路，好好走下去，也是善待自己的一種生活技巧。

這個故事，以盛六姑娘的個人奮鬥史為經，以盛家的興盛崛起為緯，建構出一幅家國興衰的藍圖。在雅致精細的宋代美學佈景下，織就出一張綿密的人情世態網。花樣的少女、貴冑的公子、深思熟慮的家長、英明的君主、果敢的將軍、狡黠的投機者、算有遺策的謀略

家……各式人物在這張網下掙扎求存，沒有明顯的忠
奸，沒有最終的成敗，一切的手段，只為了一個目標：
好好的，活下去！

站在巨人肩膀上的《慶餘年》

　　2019 年的 12 月，感激《慶餘年》陪我度過困在病榻上的日子。這部由貓膩原著小説改編的 70 集電視劇，使我忘記了手術的痛，在歡笑聲中熬完了病懨懨的假期。

　　當我看到第一季最後一幕，言冰雲一劍刺向了范閒，我忍不住驚呼：「為什麼？」

　　為什麼主角就這樣被害了？為什麼幕後黑手尚未揭示？為什麼這部武俠片讓我激動追看？

　　本質上，這是一部搞笑版的穿越武俠劇。身世神秘的少年范閒（犯嫌）要揭開生母葉輕眉（看輕鬚眉）被殺之迷。連人名都有玄機？對了，作者就叫貓膩，這中間的重重心機，從一開始就引人入勝。

　　開篇第一集，帥氣的矇眼五竹叔救下了尚在襁褓的范閒，帶到了邊遠的澹洲范家奶奶處寄養。而飾演奶奶的又是《知否》中那一位慈祥長者，這部電視劇馬上令人有所期待。小范閒是由現代穿越到慶國的大學生，靈巧的思維藏在幼小精明的身軀內，一切誇張的情節都變成了合理，以現在的智慧理解古代的恩怨情愁，一切幽默的對白都變成了笑料。小范閒是世故與機靈的混合

體，他與製毒大師費介的一段師徒情，在笑聲中開始，最終以感動的淚水結束。

　　如果你以為這只是一部普通的武俠劇，那你實在是少看了作者的抱負。范閒的母親是心懷天下的葉輕眉，在她身邊，有忠心不貳的機器人五竹為她保駕護航，有始終仰慕的監察院院長陳萍萍為她報仇血恨，有愛慕不已的財政部大臣范建為她養育親兒，更有權傾一時的慶帝對她一往情深。於是，范閒的開掛人生由五個著名的爹展開了。這是一幅多麼壯闊的畫面啊，人長得英俊不算，武功蓋世不算，有可拼的爹不算，他還有五位，集權力、法律、財力、專業於一身，更恐怖的是，他自己還有現代的思維，有一張毒舌的嘴巴，淡泊而剛毅，善良而腹黑。呵呵呵，這樣的主角光環，誰不為之拜服？

　　是不是集中了所有武俠小說的成功元素？一場宏大的報仇計劃，由 17 歲的少年范閒進京開始⋯⋯

　　劇情峰迴路轉，看得你欲罷不能。除了一般的江湖仇殺，更多了巧思佈局，不看到最後，難辨忠奸，不知賢愚，當你恍然大悟，作者已經收筆。

　　這樣的人物，這樣的情節，你很難不將之與武俠小說大家金庸作比較。

　　我的一位作家朋友這樣說，從人物、主題和情節來看，都優於金庸的作品了。怎樣說？

　　人物設置上，主角范閒集中了郭靖的忠、小魚兒的
靈和韋小寶的痞，沒有了那種道貌岸然的人物設定，而
是有更多樣化的可能。如果說主角是必須使人目眩，那
麼作者的厲害之處是把所有角色都處理得十分立體。除
了寵兒的那五個爹：五竹的忠、慶帝的兇、陳萍萍的奸、
范建的善、費介的耿；還有那五位追隨的紅顏知己：婉
兒的純、若若的信、司理理的真、海棠朵朵的爽、女帝
的直；最後更有對手：公主的毒、二皇子的狠⋯⋯

　　主題上，金庸先生的小說局限在江湖恩怨上，當
然也是時代使然。而貓膩則放眼於自由、平等、法治這
些現代觀念中。葉輕眉所創立的監察院就是一個公平的
理想世界。雖然她最後未能守護這個夢想國，但她的兒
子將繼承母親的心願，為天下蒼生而奮鬥，因為他流著
「人人生而平等」的血液。這一種不囿於個人情仇、家
國恩怨的人間大愛，使小說的思想得以升華，而不是只
流於嬉笑怒罵的娛樂消閒。

　　情節上，不是千篇一律的童年受害，少年拾到武功
秘笈，青年有美女相伴，幾經周折，最終解決一段江湖
恩怨。《慶餘年》突破了這種傳統套路，走出了更宏大
的格局。被冰封的神廟是地球大爆炸之後的第二個冰河
時期，人類又經歷了一次似曾相識的演變過程，為了阻
止下一次大爆炸的來臨，葉輕眉作為使者來到了未來的
慶國，而她的兒子，又在現實的世界中回到了未知的古
代。這樣的科幻情節，是師承倪匡還是劉慈欣？有原振

俠的影子，又有流浪地球的意念，作者的構想可謂天馬
行空。

　　朋友之説，對《慶餘年》容或過譽，但也有一定道
理，使我們不囿於膜拜權威。這部武俠劇如此的出色，
雖然説我曾在查良鏞先生創辦的《明報》工作過，而現
在我只能説，70後的作家貓膩，是站在巨人的肩膀上，
長江後浪推前浪，青出於藍而勝於藍了。

影視小頓悟

《無問西東》

關於正義：你為什麼不相信？我們恐懼，我們沒有勇氣，我們做不到。（王敏佳）

關於同情：做什麼會讓你真正開心，你要問清楚自己。（張果果）

關於真實：真實是一種從心靈深處，滿溢出來的不懊悔，不羞恥的平和和喜悅。（梅貽琦）

關於善良：在最痛苦的時候，也不出賣別人。（沈母）

關於電影：在走出戲院的一剎那，對生活又充滿希望。

關於感動：在黑暗中一起落淚，在陽光下一起歡笑。愛你所愛，行你所行，無問西東！

《涼生，我們可不可以不再憂傷》

下雨天，生病日，無意中選了這本書，看這套劇，來消磨病榻上的時光。一來是因為樂小米這個筆名，為細微之事而快樂的情懷，也令我想起剛叫中一背默的小

詩：「苔花如米小，也學牡丹開」；二來是因為書名「涼生，我們可不可以不再憂傷」，情緒很配合病中的我。於是，在半迷糊的狀態下直追 20 集……帳面上是 70 集呢！原諒我直奔結局了，我以為，可以直接省略中間 50 集。

晚飯時和小女兒劇透：沒有血緣關係的兄妹相依為命；高富帥的男二是香港演員；大家族的情仇愛恨，背叛、受傷、失憶、自殺、流產、中傷，互相的撕扯和怨毒……飽含所有的狗血元素！小女兒答一句：「我不喜歡虐的戲！」哦！原來我還是自虐和被虐了兩天！願我們都可以不再憂傷，願明天陰霾散盡，重現一米陽光。

《人民的名義》

祈同偉，是一個悲愴的角色。他在《人民的名義》中，到了三十幾集才開始呈現個人魅力。他的悲劇命運，使人忘了恨他作為壞人的一面。他是寒門再難出貴子的殘酷現實，他與高小琴是同病相憐的真情，他在個人仕途中的努力鑽營，全部都是那樣真切。他向命運抗爭，他要勝天半子，沒有人可以審判這樣一個命運的鬥士。

他一步一步地走向末路，但每一次的選擇都是那樣的理所當然，如果你是一個白手興家的創業者，你會理解他，你會為他同哭一聲：去你的老天爺！

　　每個人的人生劇本早已寫好，你是身不由己地朝著結局走去。誰是貴人，誰是仇人，不是以你自己的選擇為依歸，作為一個過客，你只有努力演好當下，身不由己的苦厄，鋪天蓋地的不幸，已經被命運牽扯著走，怎麼可能躲避？

《最美麗的安排》

　　享受女兒的福利，在這個寒冷的周一下午，約了兩位閨蜜同事去看了這一部精彩的電影。

　　死亡、時間、愛，是沉重的命題，該如何面對？三個飾演這抽象概念的演員，走進男主角的視線，與他直面人生的叩問，其中穿插的，是失去女兒的妻子救贖了瀕臨崩潰的丈夫；小女孩原諒了出軌的父親；病危的丈夫與太太從容告別；兒子與中風痴呆的母親一起遊戲⋯⋯在巨大的痛苦面前，勇敢面對，鎮定接受，將悲傷隱到最後。落淚之後，淡然迎接——最美麗的安排！

《屍殺列車》

　　學生鼓勵著，女兒慫恿著，懷著驚恐和感動的預期，走進 UA 戲院，看人生第一部喪屍片——《屍殺列車》。

　　驚慄一波接一波，感觸一陣復一陣，隱喻一個又一個；在驚叫中落淚，在恐懼中沉思；當絕望鋪天蓋地掩

至，女兒一再問：「什麼時候結束？」我還可以冷靜地回答：「已經 12 點 50 分，快了！還有 10 分鐘……」

是的，惡夢總會有結束的時候，當黑暗的隧道傳出女孩掛念父親的悲歌，代表未來希望的孕婦和小孩緩緩走向光明……我們也重回陽光之下，不禁慨嘆，真是萬幸啊！尚在人間！

《抖室》

一桌一椅，一櫃一盤，都是可道早安的朋友；自出生以來就和母親一起被囚禁於斗室之內，這個五歲的男孩，就憑一扇天窗窺見希望的世界。在奮力逃出生天後，戰勝俗世的困擾，和康復的母親重回斗室，再與一桌一椅，一櫃一盤，細說再見，然後，忘記過去……奧斯卡大片，始終能撫慰人心裡最溫柔的某處！

《延禧攻略》

魏瓔珞由宮女一直到貴妃，一路殺來，打怪晉級，最後得以與皇后偃旗息鼓，各自安好。不是鬥不起，是大家都乏了……職場如宮鬥，沒有誰，更容易！就連地位尊崇的皇太后，年過七十，尚且危如累卵。再一次認證：生命不息，戰鬥不止！為了在這個美麗的城市中生存。

麗江黑龍潭

詩韻

外婆的嫁衣

外婆的嫁衣
粉紅的
嬌豔如初嫁之心
輕柔的
綿軟似愛的夢寐
幼細啊
一針一線織成對家的向往

一件來自一九二六年的綢緞
幾度時空的輪迴
幾度人間的膠著
歲月的迷亂未曾磨損
戰火的蹂躪未曾洗白
是一生僅有一次的穿戴啊
這樣新
這樣美

抖開它
長洲老黃家嫁女了
演繹了一場嫁妝滿街的
千金小姐的婚禮
你是民國時石岐街的一件盛事

穿上它
憧憬嫁給身為名中醫兒子的夫婿
財女配才子啊
你是一段流傳巷弄的愛情佳話

脫下它
洗手作為人婦
為嫖賭飲吹的丈夫
散盡嫁妝
為橫死在廣州街頭的負心人
哭乾了淚
你是一簾殘酷易碎的幽夢

藏起它
斂作墟巷的小販
裁衣、賣菜、售烟仔
為三個子女而含辛茹苦
你是一位母親勞碌的身影

疊合它
樂做女兒家庭的後盾
細心養大五個孫女
你是一個外婆慈愛的心語

從民國到如今

這百年之路
你是如何蹣跚走過
貧病賣不了你
戰火燒不了你
運動毀不了你
死亡也帶不走你

怎樣的輾轉啊
交予
最親近的孫女
珍藏著
外婆的心影淚痕

就為這一襲百年嫁衣
寫一首關於它的詩
讓你的故事流傳
流傳在石岐街的晨昏

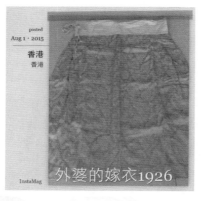

小欖婆婆

門前小溪
自你眼底流淌
盈盈綠意
印照你波光如昔

蜿蜒曲流啊
流轉了九十八個彎道
一如你額上的皺紋
鐫刻了九十八道年輪

村口的榕樹
屹立在青蔥的歲月
依依陪伴
良人已然遠行

遙遠的石岐
從未踏足
咫尺的墟市
月月挑擔買賣

就端坐在岸上
笑望眾生奔走
歷史悠悠
恰如一江春水
蕩漾在時間的流裡
你的眼底
只餘下盈盈笑意

是多麼從容的意態
多麼淡然的神韻
是如何從青春走到白頭
要經歷多少次愛恨離別
才成就出眼前的一片澄明

人生如若還有相欠
便纏繞成每晚的輾轉吧
夜夜的難眠
唯有托付一泓綠水
流轉到思念的盡頭

舊居

婆娑的樹影
印照古舊的小樓
斑駁的陽光
投下滄桑的印記
年輕的小姐
活潑的少爺
奔走在童年的長廊
無憂
率性
是年少一抹永恆的光影

荏苒的光陰
篩落在歲月的長河
寂寂的樓道
再也不見
天真的小姐
憨直的少爺

三十年後
樓前的沈默
彷如一場酣睡
醒來
是深深地凝眸
長長的歎息
追憶
那依稀的舊影

中山一中曾海峰師兄畫作

觀電影《芳華》有感

我想
你也想
我在
你也在
對的時間
對的人
一切
剛剛好
沙面的晚風
珠江的夜潮
燈影波光下
暗自湧動

你回到起點處等我
我伴你走向終點
芳華雖已逝
歲月亦如歌
習習的涼風
輕拂出曼妙的黃昏
沒有了唏噓
無須再等待
遇上了

便一起了
縱使
江水依舊向東流
人生卻不再空惹愁

有些人
走著走著便散了
有些情
等著等著便續了
有些夢
熬著熬著便圓了
那些花兒
縱使已經飄落在天涯海角
至少
曾經芬芳滿山崖
與其
嘆息於芳華已盡
不如
慶幸曾被瀝血染紅
曾經的青春可悼
曾經的花開堪折
人潮散去
回眸
剛好
你也在

打一場漂亮的仗

—— 致中六 B 班

我們已經打完一場漂亮的仗
三年前一個微涼的秋
我們從四面八方匯聚在中四 B 班
三年後一個燥熱的夏
我們終將揮手道別
奔向四面八方

我們已經打完一場漂亮的仗
中四 B 由陌路而至熟悉
歌唱比賽的「敢動‧感動」
聖誕舞會的狂放熱情
青春的躁動
成長的探索
我們話別了逸軒、弦亨、子誠
留下了魚蛋、檸檬和柯南

我們已經打完一場漂亮的仗
中五 B 為職業十八般而忙
兵分三路地合作
採訪警犬、警民關係和遊行示威科

暴雨中的北角警署
艷陽裡的中環總部
夜幕下的百福道
都投下了我們努力的身影
然後
我們捧著報告向全校演講
領取了金獎
以二千大圓的韓燒賀勝

我們已經打完一場漂亮的仗
四日三夜的福建之旅
新艷發燒了
子謙肚痛了
我們參觀土樓和學校
在博物館前展示 Super B 的魅力
感情滋生了
心意相通了
我們已經是成長中的共同體

我們已經打完一場漂亮的仗
中六 B 是題海戰場
我們披掛上陣
體會過九味人生
方知跑道上的繁華與孤獨
要令將來的自己為現在的我自豪

於是
我們想像對手比我們更累
我們除了努力
別無他法

我將銘記
中五 B 班為我編導的課前生日會
肇霖在國旗下講一百圓的價值
子瑩、文皓、婉瑩壁報下的身影
思桐、家杰在北京與我同行
還有
皓彰、卓旻球場上的奔跑
Kitty、楚欣的舞姿
辯論會的駁擊
朗誦比賽的奪冠

楊騰的計算機
志浩的睡姿
天雋的淡定
經緯的笑容
婷婷的安靜
思樂的熱誠
嫦怡的暖
晴蕾的勤
OP 的俊

皓為的 cool
肥昇的善
凌峰的敏
你們全是我的愛徒

西史三子
E 組四花
化學是無盡的測驗
生物是讀不完的書
SBA 的惡夢連連
JUPS 是虛幻一場
如果這是終須一戰的宿命
我們笑著迎上

全級誓師之後
中秋盤菜已吃
聖誕樹上串起點點心跡
許我們一個搏盡無憾的願吧
在中六班的課室
我們完勝這一場 2018 DSE 的仗

5B 同學嵌名聯

（2017年聖誕節，為 5B 班同學每人創作了一對嵌名聯，
寫在聖誕卡中送給他們，祝福考試成功，前程似錦。）

新日同行無畏懼
豔陽依舊照前程

婉約嫻暇存美意
儀容端正有初心

經綸有道勤磨練
煒燁光華當可期

思維敏捷人溫厚
桐梓美材早育成

旭日東昇無可限
健行君子自強橫

凌雲壯志奔前路
峰陡山高亦闖關

煒煒光華明路徑
怡心養性知修身

文章經國能成事
皓首窮年有始終

駿馬賓士宜董道
軒轅後裔有擔當

子本樂天忠事項
瑩光青夜照書卷

露顯才情長朗誦
燁華光照擅司儀

楊柳春風伴朗月
騰空魚躍有明天

晴空萬里可馳騁
蕾蒂含苞待放時

2018 年生日 6B 所贈的巨型生日卡。

2015 年散學禮 3A 所贈紀念卡

代跋

心中的白玉蘭——致恩師

　　和小姍老師的初遇，已是中四的第一堂中文課。她一襲長裙，眼鏡底下難掩溫柔，説話時臉上也掛著笑，一眼就知道是位好接觸的「文青」女教師。如書中所寫，那時的我只是一個剛入校的插班生。恰好老師需要一位科代表作輔助，於是我也拋卻了害羞第一個舉起手。就這樣，我們彼此「確認過眼神」，展開了這段高中三年於我而言意義非凡的師生情。

　　我不止一次慶幸自己那一瞬間的勇氣，讓我在日後能更近距離地接觸小姍老師的為人。並作為她的左膀右臂收獲了很多機遇，留下了很多回憶。

　　小姍老師是個熱心腸，很明白怎麼去傾聽心聲。她跟學生的關係相處得特別輕鬆愉快，常常能看到她的身邊圍著一群少男少女有説有笑的。也是因為這樣的機緣巧合，我們那一行人還幸運地在零下的北京，呈現了一齣青春洋溢的話劇。從代表普通話學會準備校慶嘉年華的攤位，到站上各類寫作、朗誦、演講比賽的舞台，我的每一點點進步和老師的鞭策與提攜是分不開的。一屆又一屆，老師不厭其煩地用真心換真心，帶著一批批小毛頭長大，再目送他們離開。這本回憶錄的點滴便記載著我們學生時期最美的年華，好像每一件趣事在她的文字裡都能得以保存，回味無窮。

　　作為中文系專業的老師，除了任職她喜愛的語文課堂和發展學生校外多元活動以外，小姍老師教有餘力時也會拿起筆桿兒實現她曾經的作家夢。這本《杏壇拾趣》就是老師對自己廿年教學時光的回贈，從我入校到如今畢業，這本蓄勢已久的用心之作終於面世。她邀請我參與進這本書裡，我既忐忑又歡喜。學生為老師書寫「跋」的感覺可實在非同一般，更何況還是這樣一本內有乾坤的書！端看封頁，為書名提字的是德高望重的吳康民老先生，他被授予大紫荊勳賢，曾擔任足足七屆的人大代表。翻到尾頁，在封底作出評析的還是赫赫有名的前立法會主席曾鈺成先生。能與學校的重量級人物一起為此書出力，我是榮幸至極又受寵若驚，也相當欽佩老師的情面能請得動他們出筆襄助！論格局我自是遠比不上前兩位的赫赫有名，論資歷也不及書裡提到的師兄師姐們。可能是因著我和老師適逢其時的眼緣吧，便也大膽地接下了這份重任，以拙劣之筆班門弄斧，希望為此新書增添一份心意以報恩師知遇之恩！

　　我眼中的小姍老師，就像是草長鶯飛季節裡的一株白玉蘭。花開了，意味春天也將至。她始終純粹的保持自己喜愛的生活方式，無須綠葉的襯托也能自發清香。她的生活總是充盈的，那怡然自得、不爭不搶的心態讓

我敬佩。有時候，老師像鄰家大姐姐一樣喜歡和我們分享她新看的電影、電視劇，也給我們推薦那些她讀完覺得有益處的書。有時候她也是個大家長，告訴我們過來人的經驗與教訓，讓我學習如何妥善地處理生活中的難題。讀完這本書，你應該也和我一樣再次全方面地認識了小姍老師——這個享受自己生活節奏的她，本著寬厚良善的心在教育界樹人育才的她，把平常日子過得有滋有味的她！

　　老師的書自然是必讀且值得細讀的，我也期待老師在文學創作和漫漫教育路上仍然飽含十分的熱忱與激情，一步一腳印地向彼岸前行。我會永遠是老師信任的學生、貼心的助手、忠實的讀者。

　　寫到這裡，一想到小姍老師，我心上總還是溫暖的、如沐春風的，正如初遇那天她帶著笑意朝我招了招手。

周元穎（2019 屆）畢業生

杏壇拾趣

小姍老師詩文集

作者	李小姍
編輯	Margaret Miao
封面設計	VN Chan
內文設計	VN Chan

出版	**紅出版（青森文化）**
地址	香港灣仔道 133 號卓凌中心 11 樓
出版計劃查詢電話	(852) 2540 7517
電郵	editor@red-publish.com
網址	www.red-publish.com

香港總經銷	**香港聯合書刊物流有限公司**

台灣總經銷	**貿騰發賣股份有限公司**
地址	新北市中和區立德街 136 號 6 樓
出版計劃查詢電話	(886) 2-8227-5988
網址	www.namode.com

出版日期	2020 年 7 月
圖書分類	散文
ISBN	978-988-8664-61-0
定價	港幣 108 元正／新台幣 430 元正